D1420962

Vrienden voor het leven?
Dacht het niet!

LISI HARRISON

VRIENDEN VOOR HET LEVEN?
DACHT HET NIET!

VERTAALD DOOR
ANNELOES TIMMERIJE

UITGEVERIJ VAN PRAAG
AMSTERDAM

Oorspronkelijke titel Best Friends For Never
Oorspronkelijke uitgave Little, Brown and Company, New York
Ontwerp omslag Amy Greenspan
Foto omslag Carolyn Veith Krienke
Zetwerk Bruno Herfst
Druk Wöhrmann, Zutphen

ISBN-10 90 490 6602 X
ISBN-13 978 90 490 6602 4
NUR   284, 285, 302

www.uvp.nl
www.uvp.be

Voor CeCe

Massie Block vond het afschuwelijk dat ze er zo mooi uitzag. Ze draaide de zilveren lepel naar haar gezicht en wierp een snelle blik op haar spiegelbeeld. De nieuwe, karamelkleurige highlights in haar donkere haar lieten de okergele spikkeltjes in haar ogen extra oplichten. Precies zoals Jakkob, haar stylist, had beloofd. Ze droeg voor het eerst een nieuw, bruin suède minirokje, waarin haar kontje nog beter uitkwam dan normaal, en haar armen en benen waren licht bestoven met goud glinsterend poeder. Massie legde de lepel neer en schoof hem opzij. Ze baalde ervan dat ze deze fantastische outfit verspilde aan het verjaardagsetentje van haar vader, vooral omdat ze het thuis vierden, samen met de familie Lyons.

'In de gloria, in de glóóóríííááá. Hiep, hiep, hiep...'

De twee gezinnen eindigden hun lied met een applausje. Het gezicht van William liep paars aan toen hij alle veertig kaarsjes tegelijk probeerde uit te blazen. Massie giechelde, ze kon het niet helpen. Het was de eerste keer die avond dat ze lachte.

Ze zaten rond de elegante, eiken eettafel in de eetkamer van de Blocks, maar konden elkaar niet goed zien vanwege overdadige tafelversiering vol bloemen en fruit. De druppelvormige lampjes van de kristallen kroonluchter waren gedimd. Het meeste licht in de kamer kwam van de zachte, warme gloed van de rode kaarsen.

Dankzij haar moeders overdreven regelzucht zat Massie tussen de twee Lyons-kinderen. Links van haar was Claire bezig een mega taartpunt naar binnen te werken, alsof *Cosmo* plotseling had verkondigd dat 'dun' uit was en 'dik' in. Massie draaide haar gezicht weg. Aan haar rechterkant zat Todd, het tienjarige broertje van Claire. Massie keek vol afschuw hoe hij met zijn vingers vol taartglazuur over haar bord reikte om de kan druivensap te pakken.

'Yuk,' fluisterde Massie.

Ze sloeg demonstratief haar dunne armen over elkaar en wierp haar moeder een snijdende je-wordt-bedankt-blik toe. Kendra glimlachte nietsvermoedend terug. Massie draaide met haar ogen. Maar voordat haar pupillen het hele rondje hadden kunnen maken, spoelde er een golf druivensap over haar heen, en was haar rokje doorweekt.

'*O my God!*' gilde Massie. Ze schoof achteruit en sprong van de stoel.

'Sorry.' Todd haalde zijn schouders op. 'Ongelukje.'

Hij moest moeite doen om zijn lachen in te houden, en Massie wist dat hij loog.

'Dit is te erg voor woorden! Door wie zijn jullie eigenlijk opgevoed, een stelletje domme wilden?' zei Massie, en ze depte haar rok met een wit damasten servet.

'Massie,' snauwde Kendra haar toe. Ze keek verontschuldigend naar Judi Lyons en schudde haar hoofd.

Massie bloosde. Ze begreep dat haar woorden kwetsender waren voor Todds ouders dan voor Todd zelf, maar ze was te veel van streek om haar excuus aan te bieden. Als er iemand 'sorry' zou moeten zeggen, waren zíj het. Sinds de familie Lyons uit Orlando was vertrokken en hun intrek had genomen in het gastenverblijf van de Blocks, had Massie een vreselijk leven. Claire zat al twee maanden op haar lip. Ze reed ongevraagd mee in Massies carpool, liep haar achterna op school en probeerde zelfs haar beste vriendinnen af te pikken. Sinds kort drong ook Todd zich aan haar op. Het hele gezin was haar leven binnengedenderd en Massie wilde niets liever dan van ze afkomen. Ze vond het vreselijk dat haar vader uitgerekend 'oude maten' van de universiteit moest zijn met Jay Lyons. Hij had toch ook Calvin Klein kunnen kiezen?

Todd greep een servet en begon over Massies rokje te wrijven alsof hij de motorkap van een sportwagen aan het poetsen was.

'Ik help je wel even.'

'Èèègg. Raak me niet aan, engerd.' Massie gaf een tik op zijn arm. Ze zag hoe haar moeder de diamanten hanger heen en weer schoof over de platina ketting om haar nek, en een doe-iets blik wierp naar haar man aan de overkant van de tafel.

'Liefje, even rustig,' zei William tegen zijn dochter. 'Todd wil je alleen maar helpen.' Zijn stem was streng en vaderlijk. 'Je krijgt van mij een nieuwe rok.'

'Maar hij deed het expres,' zei Massie. 'Ik zag hoe hij de kan precies boven mij scheef hield.'

Kendra pakte het sierlijke porseleinen belletje naast haar bord en liet het klingelen tot Inez, de inwonende huishoudster van de familie Block, de klapdeur openduwde.

'Ja, mevrouw Block?' Inez trok het schort van haar uniform recht, en controleerde daarna het strakke knotje op haar achterhoofd. Ze hield ervan dat alles op zijn plaats zat.

Kendra maakte een klein gebaar en wees met haar ogen naar Massie.

Inez wierp een blik op de vlek en snelde terug naar de keuken. Ze kwam terug met een fles mineraalwater en een spons. Massie ging met haar armen wijd staan en Inez schrobde zo hard ze kon met haar knokige armen.

'Todd, heb je dat expres gedaan?' vroeg Judi Lyons aan haar zoon. Ze stopte snel een aardbei met een laagje chocola in haar kleine mond en probeerde te kauwen met haar mond dicht.

'Natuurlijk,' krijste Massie. 'Hij zit me al aan te staren met die grote, vochtige koeienogen zolang we aan tafel zitten.'

'Zoon, het lijkt erop dat je net zo aantrekkelijk bent als je vader.' Jay Lyons sloeg op zijn dikke buik en grinnikte goedmoedig.

Todd kuste zijn vingertoppen en knipoogde. Iedereen lachte, behalve Massie.

'Gefeliciteerd, Todd. Je hebt eindelijk mijn aandacht,' siste Massie. 'Wat ga je morgen doen als ik je weer vergeten ben? Mijn slaapkamer in de fik steken?'

Claire greep het servet van haar schoot en gooide het op haar bord.

'Ach, gelukkig is het maar een outfit, toch?' zei ze. 'Je bent niet gewond of zo.'

'Het is niet "maar een outfit", Ke-lèèr.' Massie pakte haar rokje tussen duim en wijsvinger. 'Dit is suède!'

'O,' zei Claire, en ze grinnikte.

'Wat nou?' zei Massie nijdig.

'Ach, weet je, ik dacht alleen hoe grappig het is dat kleren zóóó belangrijk zijn voor jou. Meer niet.'

'Eigenlijk, Claire, vind ik het "grappig" hoe ONbelangrijk kleren zijn voor jou. Je hebt dat poepkleurige coltruitje deze week al voor de derde keer aan. En op de een of andere manier denk je dat zo'n dikke ribbroek voor meisjes is, terwijl zoiets toch overduidelijk bedoeld is voor duffe slungels.' Massie wees naar Todd. 'Je weet wel, zoals dat broertje van je.'

Massie deed een stap achteruit toen ze merkte hoe hard Inez aan het schrobben was. Er zaten zelfs gele stukjes spons op haar rok. Ze kon wel janken. Het was haar meest flatteuze rokje, en nu was het gedoemd een kussentje te worden voor Bean, haar zwarte mopshondje. Ze keek boos naar Claire, alsof het allemaal haar schuld was.

'Ik zal je een hint geven, Claire. Als je nou weer iets bestelt uit de catalogus van een postorderbedrijf, moet je even doorbladeren

tot je voorbij de mannenkleren bent,' zei Massie. 'De vrouwen-
kleren staan altijd achterin.'

'Wat weet jij daar nou van?' zei Claire, kijkend naar haar
ribbroek. 'Ik dacht dat jij vééél te modebewust was om uit een
ca-ta-lo-gus te shoppen.' Ze sprak 'catalogus' uit alsof ze 'broodje met snot' zei.

'Hé, zullen we met z'n allen naar de mall gaan om een nieuw
rokje voor je te kopen? Lijkt me leuk!' Judi Lyons klapte in haar
mollige handen en straalde, alsof ze zojuist had aangekondigd
dat Kerstmis vanaf nu vijf keer per jaar gevierd zou worden.

Massie klokte haar Pellegrino naar achteren om maar niet
te hoeven reageren op het aanbod. Ze kon zich niets ergers voorstellen dan iets te moeten dragen wat Judi had uitgezocht. Het
hele gezin zag eruit als toeristen – oversized T-shirts, gewassen
spijkerbroeken, en verstandige schoenen.

'Gelukkig draait míjn hele leven niet om wat anderen van
mijn kleren vinden.' Claire voelde aan de haarspeld die de uitge-
groeide pony uit haar gezicht hield en trok hem uit haar blonde
haar. Ze pakte de lokken die langs haar gezicht hingen en stak
ze aan weerszijden van haar hoofd vast.

'Hé, ik dacht dat we aan het feestvieren waren,' zei Jay Lyons.
'Volgens mij is dit nog altijd een verjaardag.' Hij brak een klein stukje
van de cake op zijn bord en hield het onder de tafel voor Bean.

Massie keek tevreden hoe haar gezonde, slanke hondje haar
neusje optrok voor het aanbod. Ze klopte op haar dij en Bean
rende naar haar toe.

'Papa, ik wilde je feestje niet verpesten, hoor,' zei Massie
tegen William. 'Ik vind het alleen belangrijk hoe ik eruitzie.' Ze
boog voorover en trok de scheefhangende, turquoise boa recht
die om Beans nek hing. 'Dat heb ik van jou geleerd, weet je nog?'

'Natuurlijk weet ik dat nog, liefje,' zei William. 'En ik vind
dat je er altijd perfect uitziet.'

'Als hij maar uit de buurt blijft,' zei Massie, en ze keek boos naar Todd.

Todd hield zijn hoofd vast en wiegde langzaam heen en weer, alsof hij verteerd werd door spijt. Massie wist dat hij de boel in de maling nam, maar Claire trapte er duidelijk in.

'Massie, er is een verschil tussen iets belangrijk vinden en een obsessie,' zei Claire. Ze sloeg haar arm om Todd heen en ging verder. 'Als je tegen een jongetje van tien jaar begint te schreeuwen om een rokje, dan is het een obsessie.' Claires hand trilde toen ze haar glas spa pakte.

Het was stil in de kamer.

'Claire heeft niet helemaal ongelijk, liefje,' zei Kendra. Ze haalde haar vinger door haar zijdeachtige, in een bobmodel geknipte haar. 'Je bent sinds je negende niet meer thuisgekomen zonder tas met iets nieuws erin.'

'Dat is niet waar.' Massie zette haar handen in haar zij en rechtte haar rug.

'Wel waar,' zei Claire. 'In de twee maanden dat ik hier woon, ben je vier keer naar New York City gegaan om te shoppen. En dan hebben we het nog niet eens over al die tripjes naar de Westchester Mall na schooltijd.'

'Kleding is een noodzaak,' zei Massie. 'Ik kan moeilijk bloot rondlopen, of wel?'

'Wie zegt van niet?' zei Todd met een satanische grijns. 'Ik vind van wel.'

'Todd!' zei Judi bits.

'Hij maakt maar een grapje, schat,' zei Jay. 'Ja toch, jongen?'

'Nee,' zei Todd. Hij knipoogde naar zijn vader, die grinnikte en zijn hoofd schudde.

Massie keek Todd aan en draaide met haar ogen.

'Je bent een shopoholic,' zei Claire. 'Ik durf te wedden dat je het geen maand volhoudt zonder nieuwe kleren te kopen.'

'O, ja? Nou, jij bent een recidivist. Ik durf te wedden dat je het geen maand volhoudt zonder twee keer hetzelfde aan te hebben,' zei Massie. 'Inclusief die tutgympen van je.'

'Massie!' riepen Kendra en William tegelijkertijd.

'Oké.' Claire stond van haar stoel op en ging oog in oog met Massie staan. 'De eerste die bezwijkt moet een week lang de kleren van de ander naar school dragen.'

Massies ogen werden groot van het angstaanjagende idee dat ze naar school moest in een Gap-jeans met een hoge taille en foute gympen.

'Vergeet het maar,' zei ze. 'Jij zou een bofkont zijn als je mijn kleren aan mag. Dat is geen straf, dat is een beloning. Het moet iets naars zijn.' Massie draaide de bedelarmband rond haar pols terwijl ze nadacht. 'Ik weet het, de verliezer moet een week lang naar school in een van mijn oude skipakken. Inclusief leggings, skibril, skischoenen, handschoenen en een muts.'

'Massie, dat is bespottelijk,' zei Kendra.

Massie bleef Claire aankijken.

'Goed,' zei Claire. Ze stak haar hand uit naar Massie. Ze bleven eindeloos handen schudden, want geen van twee wilde zich als eerste gewonnen geven en loslaten.

'Dit is geweldig, Claire, dank je wel,' zei William met een vertrokken glimlach. 'Je hebt me een berg geld bespaard.'

De ouders lachten, maar de gezichten van Claire en Massie bleven strak – hun monden stijf dichtgeperst en een verbeten blik in hun ogen.

Massie trok eindelijk haar hand weg omdat haar mobieltje overging. Ze haalde het uit de houder met Louis Vuitton monogrammetjes die aan de riem van haar rok geschoven was, en liep de kamer uit. Bean ging haar achterna.

'Hallo?' zei ze. Ze liep rondjes om het crèmekleurige kleed in de woonkamer.

'Hé, met Alicia. Ik heb nieuws dat zeker tien roddelpunten waard is.'

Massie voelde haar hart sneller kloppen, zoals altijd als ze op het punt stond een roddel te horen. Ze wist dat Alicia Rivera niet het type was dat om tien punten zou vragen als ze die niet zou verdienen. De Spaanse schoonheid was een roddelkoningin, en wist beter dan wie ook dat een goed nieuwtje doorgaans vijf punten opleverde, hooguit. Dit moest iets heel bijzonders zijn.

'Vertel,' zei Massie. Ze ging in de grote, witte fauteuil zitten die naast de open haard stond.

'Ik was op golfles na school, oké?'

'Oké.' Massie liet zich van de stoel glijden en begon weer rondjes te lopen.

'En toen we aan het stretchen waren...'

'Ja? Ja? Wat?' Nu wipte ze op haar tenen.

'Ik hoorde Becca Wilder tegen Liz Goldman zeggen dat ze denkt dat jij al bijna uit bent.'

'Uit?' blafte Massie tegen haar gezicht in de spiegel boven de schoorsteenmantel. 'Hoe bedoel je, uit?'

'Becca vindt dat je steken laat vallen, en dat meiden minder naar je opkijken dan vorig jaar.'

'Wat zei Liz daarvan?'

'Die was het met haar eens,' zei Alicia. 'Maar dat is niets bijzonders. Liz is het altijd eens met Becca. Anyway, ze gaan samen een geweldig boy-girlfeest geven met Halloween, zodat iedereen voor de verandering over hén praat in plaats van over jou.'

Massie was verbijsterd. Haar lichaam voelde stijf bevroren en tegelijkertijd gloeiend heet. Haar hoofd tolde.

Laat ik steken vallen? Begin ik eruit te zien als 'ooit populair'? Waarom heb ik dat niet gemerkt? Denken alleen Becca en Liz er zo over, of laten alle meiden van ons jaar mij vallen? Waarom heb ik geen boy-girlfeest bedacht? Dat had mijn idee moeten zijn. Ik bedenk altijd alles als eerste!

'Dit kan niet waar zijn,' hoorde Massie zichzelf zeggen. Het was bedoeld als gedachte, maar zoals met meer dingen de laatste tijd ging ook dit niet zoals ze had gepland.

'Ik stuur zo de bodyguard van mijn vader op haar af als je dat wilt. Dan durft ze niet eens meer aan dat idee te denken,' zei Alicia, zachtjes giechelend.

'Nee, dank je wel, ik regel het zelf wel,' zei Massie. 'Ik zal Becca en Liz en de rest van ons jaar wel even laten zien dat ik er nog steeds ben. Nu moet ik ophangen.' Ze stond op het punt om haar telefoontje dicht te klappen toen ze zich realiseerde dat Alicia nog steeds aan de lijn was.

'Hé,' zei Alicia, 'en mijn tien punten dan?'

'Dit gaat niet over punten, Alicia,' zei Massie. 'Dit gaat over trots.' Ze klapte haar telefoon dicht.

Massie stond op het punt om terug te lopen naar de eetkamer toen ze haar naam hoorde. Ze ging op haar hurken zitten achter de openslaande deuren, zodat niemand haar kon zien, en hield haar adem in om geen woord te hoeven missen.

'Ik begrijp echt niet wat het is met Massie en Claire,' zei Judi. 'Ik had verwacht dat ze allang dikke vriendinnen zouden zijn.'

Massie gluurde langs de deur om de reactie van Claire te zien. Maar haar stoel was leeg, ze moest weggelopen zijn terwijl Massie aan het bellen was.

'Ik ben het met Judi eens,' voegde Kendra toe. 'Ik ben echt verbaasd.'

'Je ziet er helemaal niet verbaasd uit,' zei William.

Kendra haalde haar schouders op. 'Botox.'

'Ze hoeven zich toch niet als een tweeling te gedragen, alleen omdat ze op hetzelfde landgoed wonen,' zei Jay. 'Misschien hebben ze wat meer tijd nodig om aan elkaar te wennen. Je weet wel, als twee poezen die hun territorium verdedigen.'

'Blazende katten zou een welkome afwisseling zijn,' zei Kendra. Ze duwde het restje van een aardbei over haar bord met een zilveren dessertvorkje. 'Ik heb van alles geprobeerd om ze aan elkaar te laten wennen. Ik weet het niet meer.' Ze schoof haar bord opzij, samen met de gevlochten, donkerrode placemat, zodat het bord geen krassen zou maken op de glanzende eikenhouten tafel.

Massie kwam stilletjes overeind, met een hand op de bungelende bedeltjes aan haar armband om te voorkomen dat die zouden klingelen. Ze tilde Bean op en liep op haar tenen de trap op naar haar kamer. Ze had een heerlijk doortrapt idee.

Maar voor ze tot actie overging, liet ze zich op haar paarse donsdek vallen en deed haar PalmPilot aan. Zoals alle belangrijke mensen uit de geschiedenis, had ook zij de taak gebeurtenissen vast te leggen zodat toekomstige generaties zouden weten hoe haar leven was.

Stand van zaken	
IN	**UIT**
Shoporectisch	Shopoholic
Boy-girlfeest met	Langs de deuren
Halloween	met Halloween
Claire	Becca Wilder

Claire zat in haar kamer aan het mahoniehouten bureautje bij het raam. De antieke secretaire hoorde bij de kamer, samen met de rest van het stoffige meubilair dat ooit van Massies grootmoeder was geweest.

'Oké, ik weet dat dit heel eng gaat klinken,' sprak Claire in haar mobieltje. 'Maar mijn broertje is verliefd op Massie.' Ze was aan het bellen met Layne Abeley, haar eerste, en enige vriendin in Westchester.

'Is ze niet een beetje oud voor hem?' vroeg Layne.

'Misschien zoekt hij wel een babysitter.'

Claire schopte haar witte plateaugympen uit en legde haar voeten op het bureau, naast het huiswerk voor Mode Ontwerpen dat ze nog moest afmaken. Ondanks het feit dat MO een verplicht vak was op de Octavian Country Day School, kon ze het niet echt serieus nemen. Hoe konden lessen in patroontekenen, schetsen, naaien en draperen (wat dat dan ook was) haar nou helpen om een beroemde fotograaf te worden? Haar oude school in Orlando zou zo'n vak niet eens in het pakket hebben. Maar ja, OCD herinnerde haar in niets aan thuis.

'Hoe was het verjaardagsdineetje van meneer Block?' vroeg Layne. Ze zat in de hoorn te kauwen, maar Claire vond het niet erg. Laynes nieuwe favoriete snack was popcorn met mosterd, en de laatste tijd kon je haar bijna voortdurend horen knarsen. Claire was alleen maar blij dat Layne de havermout, haar vorige favoriete snack, had afgezworen. Popcorn was wel luidruchtiger, maar een stuk minder papperig.

Claire was Layne aan het vertellen over haar weddenschap met Massie, toen ze werd afgeleid door een ping. Iemand stuurde haar een berichtje op MSN.

MASSIEKUR: BEN J R?

Claire voelde haar ingewanden ijskoud worden. De slaapkamer van Massie in het huis van de familie Block lag pal tegenover de slaapkamer van Claire in het gastenverblijf, dus de kans was groot dat ze werd bespioneerd. Claire zette haar voeten op de grond en probeerde wanhopig de zware leren stoel weg te duwen van het raam.

Waarom moest ik ook zo nodig mijn mond opendoen tijdens het eten?

'Wacht even,' zei Layne. 'Dus als je ook maar íets twee keer aantrekt, zelfs schoenen, moet je in een skipak naar school?'

'Yep.'

'Dat is onmogelijk. Hoe kun je nou zoiets doen?'

'Omdat ik er genoeg van heb dat Massie mij een loser vindt,' zei Claire. Haar stem werd zachter. 'Ik wil bewijzen dat ik net zo sterk kan zijn als zij.'

'Heb je énig idee hoeveel outfits je nodig hebt voor een maand?' zei Layne.

Claire hoorde eerst het ritselen van een papieren zak, en daarna luid en duidelijk het geluid van Layne die popcorn kauwde. Het klonk alsof ze een berg piepschuimbolletjes aan het fijnmalen was. Layne slikte en ging verder. 'Sorry. Daar heb je natuurlijk niets aan. Ik neem wel een stapel kleren mee morgen.'

'Nee, doe maar niet!' zei Claire. Laynes nieuwste obsessie was tweedehands mannenbroeken en vintage T-shirts van pop-concerten. Als Massie zich al schaamde om met haar gezien te worden als zij Gap-mode van dit jaar aanhad, dan zou ze Claire helemaal bespottelijk vinden in mode van het Leger des Heils.

'Ik denk dat zuster Adèle wel wat voor me heeft uit de voorraad gevonden voorwerpen op school,' zei Claire. 'Weet je die geweldige outfit nog die ze me gaf toen Alicia rode verf op mijn broek had gesmeerd?'

'Ja, maar ik heb bergen nieuwe kleren, dus het is geen enkel probleem,' zei Layne. 'Dat zou jij toch ook voor mij doen?'

'Natuurlijk zou ik dat doen.' Claire meende wat ze zei.

'Hé, heb je de Smile Much gedaan die ik je heb gemaild?'

'Ja,' zei Claire. Ze draaide het snoer van de telefoon rond haar vinger en vroeg zich af of zij de enige in Westchester was, onder de vijfentachtig, die nog op een vast toestel belde.

'Hoeveel punten heb je gescoord?'

Claire draaide zich naar haar computer en klikte de quiz aan.

'Vijftien maar. Met die resultaten ben ik een "Pruillipje".'

'Waarom zo weinig?' vroeg Layne. 'Ik had alle dertig punten. Volgens de quiz ben ik een "Lachebekje". Welk antwoord heb je gekozen bij nummer vier?'

Claire scrollde omlaag.

ALS JE LEVEN EEN RITJE BIJ SIX FLAGS WAS, ZOU JE KIEZEN...

A. GOLIATH

B. SUPERMAN THE RIDE

C. CRAZY RIVER

'C,' verzuchtte Claire. 'Jij?'

'A,' zei Layne. 'En de volgende?'

De meisjes lazen in stilte.

ALS JE BESTE VRIENDIN ONTVOERD WAS DOOR ALIENS, WAT ZOU JE HET MEESTE MISSEN?

A. ONDER DE TAFEL LIGGEN VAN HET LACHEN

B. OMGAAN MET IEMAND DIE ME AANVOELT

C. MISSEN?

'Ik heb A en B gekozen,' zei Layne. 'Ik zou je om alle twee die dingen missen.'

'Ik ook.' Het leek Claire beter om te liegen dan om Layne te kwetsen. Als ze bij haar vriendinnen uit Orlando zou zijn, dan zou ze A en B hebben gekozen. Maar nu had ze C gekozen. Ze vond Layne aardig, maar ze hoopte stiekem dat ze ooit deel uit zou maken van het fantastische viertal, net als alle anderen op OCD. Massie, Alicia, Dylan en Kristen gingen naar alle feesten en droegen de coolste kleren. Ze stonden bij iedereen bekend als de 'Schoonheidscommissie'. Het kon Claire niets schelen dat ze haar een paar weken geleden hadden bekogeld met gerookte zalm. Ze was bereid om dat te vergeten, als zij dat ook deden. Bij die meiden horen betekende overal bij horen, en wie zou dat niet willen?

'En de laatste?' vroeg Layne. 'Daar heb ik ook A gekozen.'

Claire scrollde omlaag naar de laatste vraag.

DE NIEUWE GOZER (HOT!) ZIT BIJ NATUURKUNDE NAAST JE IN HET PRACTICUMLOKAAL (OMG!). WAT DOE JE?

A. HEM UITNODIGEN NA SCHOOL MET JOU TE EXPERI-MENTEREN

B. HEM TRAKTEREN OP DIE KOM-BIJ-ME-GLIMLACH DIE JE HEBT GEOEFEND IN DE BADKAMERSPIEGEL EN ZIJN REACTIE AFWACHTEN

C. VAN SCHOOL VERANDEREN. HIJ LEIDT JE MEER AF DAN EEN MARATHON *GILMORE GIRLS* KIJKEN

'Maakt niet uit welke je kiest,' zei Claire. 'We hebben niet eens jongens op onze school.' Ze wond de draad van de telefoon strak om haar vinger en keek hoe de huid van roze naar paars kleurde.

'Geen wonder dat jij een Pruillipje bent,' plaagde Layne.

'Ik krijg de hele tijd mails van mijn vriendinnen uit Orlando over dat ze verliefd zijn. De enige man die ik zie is meneer Block. Wil jij dan geen leuke gasten tegenkomen en verliefd worden en zenuwachtig worden als ze in de buurt komen?'

'Nee,' zei Layne. 'Ik probeer niks te willen – dan word ik ook niet teleurgesteld.'

'Hoe krijg je het voor elkaar om niks te willen? En die kleurenprinter dan waar je altijd over begint?'

'Die regel gaat niet op voor spullen.'

Claire hoorde iets kraken.

'Au!' zei Layne. 'Volgens mij heb ik net een tand gebroken op een harde korrel popcorn.'

DING

MASSIEKUR: NU ANTW!!!

'Gaat-ie?' Claire probeerde zich te concentreren op haar gesprek met Layne, maar het was duidelijk dat Massie moeite deed om haar aandacht te trekken. Massie knipte de lamp op haar bureau zo snel aan en uit dat Claire dacht dat er hevig onweer in de kamer aan de overkant woedde.

'Layne, blijf even hangen, oké?'

Met de hoorn in haar hand liet Claire zich van de leren stoel glijden en belandde onder het bureau. Als ze Massies hulpsignalen wilde negeren, moest ze dekking zoeken. Het was wel belachelijk dat het zover was gekomen dat ze zich voor Massie moest verstoppen in haar eigen huis. Dit was te gênant voor woorden.

Claire liet haar hand langs de vensterbank glijden tot ze de zoom van de zware gordijnen vond. Ze pakte de stof tussen haar middelvinger en wijsvinger en trok het gordijn dicht.

'Kee, ben ik weer, sorry.' Claire gluurde onder het bureau naar de dikke poten van haar tweepersoonsbed. Ze zagen eruit als een meubelstuk uit een ridderkasteel. Over de donkere ladekast lag een ivoorkleurige kanten loper die haar deed denken aan oude dametjes. Alle meubels in haar kamer zagen er vermoeid en onvriendelijk uit, alsof ze liever ergens anders stonden. Ze miste de lichte, moderne kamer die ze in Florida had achtergelaten en hielp zichzelf herinneren dat ze haar moeder moest vragen of ze de vergeelde foto's van de overleden familieleden van de Blocks mocht weghalen. Dan kon ze haar eigen foto's ophangen.

'Ik wil een vriendje.' Claire zuchtte. 'Misschien zou mijn leven er dan niet zo treurig uitzien.'

'Je kunt niet verwachten dat iemand anders je gelukkig maakt,' zei Layne. Ze stak een speech af over jongens, en hoe lastig die konden zijn, maar Claire was te veel afgeleid om te luisteren. Voor haar bureau stond iemand met zwarte puntlaarzen, die één voet ongeduldig liet tikken. Claires hart begon te bonzen.

'Layne, ik moet mijn huiswerk afmaken. Ik zie je morgen in de klas,' zei Claire. Ze gaf een ruk aan het snoer van de telefoon, tot het beige toestel van haar bureau op de grond viel. Ze trok het naar zich toe en hing snel op.

'Waarom negeerde je mij?'

Claire stak haar hoofd onder het bureau vandaan en keek omhoog. Massie stond boven haar met haar handen in haar zij. Ze liet haar suikervrije kauwgum klappen.

'Waar heb je het over? Ik ben hier al zeker tien minuten bezig om mijn oorbel te vinden.'

'Wanneer heb jij gaatjes in je oren laten maken? Na het eten?'

'Gaat dit over de weddenschap?' vroeg Claire. 'Ben je boos?'

'Nee. Ik heb wel zin in die uitdaging. Sta nou eens op.' Massie stak haar hand uit. Claire liet zich overeind helpen.

Het kroontje aan Massies armband priemde in Claires hand-palm, maar ze durfde niet te klagen.

Zodra ze tegenover elkaar stonden, sprak Massie: 'Claire.' Haar stem klonk plotseling heel lief. 'Weet je nog dat je een paar weken geleden zei dat je zou willen dat je een mobieltje mocht van je ouders?'

'Eh, ja...'

'Nou, ik weet hoe je dat voor elkaar kunt krijgen.' Massie begon heen en weer te lopen. 'Het enige wat we hoeven doen, is ons van nu af aan gedragen alsof we dikke vriendinnen zijn, en onze moeders zullen ons alles geven wat we willen.'

'Waar héb je het over?'

'Ik hoorde ze toevallig praten over hoe graag ze willen dat wij goed met elkaar kunnen opschieten. Duhus, we hoeven ze alleen maar te geven wat zij willen en dan krijgen we wat wíj willen.' Massie glimlachte van trots.

'Maar hoe...?'

'Kijk, jij wilt een mobieltje, en ik wil een boy-girlfeest met Halloween. Doe wat ik doe, en dan is het al bijna geregeld.'

Claire overwoog haar mogelijkheden. Als ze toestemde, zou Massie haar dankbaar zijn, en dat kon uiteindelijk tot vriend-schap leiden. Ze zou ook een mobiel krijgen, en dan zou ze zich makkelijker kunnen aanpassen op school. Bovendien zou ze ook eindelijk jongens van Briarwood kunnen ontmoeten op het feest, en verliefd worden. Haar dagen als Pruillipje zou ze voor altijd achter zich kunnen laten.

'Oké,' zei Claire. 'Doen we.'

'Doe niet zo bangig,' zei Massie. Ze sloeg Claires hand van haar mond om van de irritante nagelbijtgeluiden af te zijn. 'Je doet net alsof je nog nooit tegen je ouders hebt gelogen.'

Claire stond op het punt om te antwoorden, maar werd tot stilte gemaand door Massies opgestoken hand.

'Ssst.'

Ze leunden tegen het luipaardprintbehang net buiten de woonkamer, in afwachting van het juiste moment om het gesprek van hun ouders te onderbreken.

'En *De Producers?*' vroeg Kendra aan haar man. 'Dat vond je een leuk toneelstuk.'

'Nee, schatje, ik zei dat ik het niet slecht vond.'

'Nou, ik vond het wel slecht,' zei Jay.

'Jij vindt alles slecht wat niet op een voetbalveld gebeurt,' zei Judi.

Massie keek Claire aan en draaide met haar ogen. Ze kon niet geloven dat haar ouders over zulke saaie dingen spraken.

'Oké, we gaan naar binnen,' zei Massie. 'Goed onthouden: ook al zeg ik iets wat heel vreemd klinkt, gewoon meedoen.' Vervolgens greep ze Claire bij haar elleboog en duwde haar de kamer in.

'Hé, allemaal.' Massie kneep in Claires arm.

'Hé,' zei Claire, precies op het goede moment.

Massie haalde diep adem. De vertrouwde geuren van koffie en brandend hout in de haard kwamen haar tegemoet. Massie ontspande meteen. Ze had duizend keer eerder iets voor elkaar gekregen in deze kamer.

'Claire en ik wilden papa nog een keer feliciteren voor we naar bed gaan,' zei Massie.

'J-ja, van harte, William,' zei Claire op haar beurt. Haar stem was gespannen en haar glimlach geforceerd.

'Wil jij het vragen?' Massie keek naar Claire. Ze wist dat Claire geen idee zou hebben waar ze het over had, en hoopte dat ze het spel zou meespelen.

'Nee, doe jij het maar,' zei Claire. 'Jij bent zo goed in vragen.'

'Dank je.' Massie keek Claire aan met een bescheiden glimlach en jonge hondenogen, in de hoop dat haar ouders zouden geloven dat vriendschap en respect voor hen dagelijkse koek waren.

'Mam, pap, Judi, Jay,' zei ze tegen haar publiek. 'Voor het naar bed gaan, zaten Claire en ik te kletsen, wat we héél véél doen de laatste tijd, en...' Ze pauzeerde even, om haar woorden te laten doordringen.

Claire knikte, bij wijze van instemming.

Massie ging verder. 'We dachten erover dit jaar hier thuis een feest te geven met Halloween.'

Massie keek het eerst naar de reactie van haar moeder, want dat was de enige die echt belangrijk was. Kendra ging over alle dingen die te maken hadden met het huis, met school (voor, tijdens en na), met zakgeld, logeerpartijen, straf en eten. Haar vader kwam alleen tussenbeide als het om cijfers ging, hoe laat ze thuis moest zijn, of als hij vond dat de muziek zachter moest.

Kendra had zojuist een teer wit kopje naar haar mond gebracht, maar zette het neer voor ze een slok had genomen. De tik van het porselein was het enige geluid in de kamer. Massie kon de stilte niet verdragen en begon haastig te praten.

'We blijven natuurlijk in de achtertuin, zodat het huis niet vies wordt. O, en Claire heeft een fantastisch idee. Wacht maar eens tot je dat hoort.'

Massie wist hoe belangrijk het was om haar ouders te laten denken dat zij en Claire hierover uren hadden gepraat, en dat nee zeggen tegen het feest gelijk stond aan nee zeggen tegen hun eerste poging om vriendschap te sluiten.

'Toe dan,' zei Massie. 'Vertel het dan.'

Claire keek Massie met grote ogen aan en vroeg: 'Wat bedoel je?' bijna zonder haar lippen te bewegen. Het kwam eruit als: 'Wahudoeju?'

'Jééé, wat ben je toch bescheiden.' Massie sloeg haar arm om Claire heen. 'Het leek haar wel een cool idee om ook een paar jongens uit te nodigen. Zodat het niet zo eenzijdig wordt, en we een leuke mix van kostuums krijgen, begrijpen jullie?'

Massie duwde haar arm subtiel tegen Claires schouder, als herinnering dat ze het spel moest meespelen. Claire raakte met haar hand lichtjes de achterkant van Massies been aan om te zeggen dat ze dat zou doen.

'Claire, was dat jóuw idee?' vroeg Judi. Ze klonk aangenaam verrast.

'Onze kleine Lyons is groot geworden,' zei Jay, en hij liet daarop een rochelende lach horen.

'Niet plagen.' Judi gaf een speelse tik op de arm van haar man. 'Ik vind het volkomen normaal dat zij toe is aan contact met jongens.'

Massie voelde Claire kronkelen onder haar arm.

'Nou, mam, mag ik?' vroeg Massie.

'Mag je wat?'

'Mag ik het feest geven?'

'Mag jij het feest geven?' Kendra keek van Massie naar Claire en weer naar Massie.

Massies mond werd droog en ze voelde warme speldenprikken in haar nek.

Hoe kon ik nou zo'n stomme fout maken?

'Ik ging ervan uit dat het een feest van jullie beiden zou zijn.'
Kendra tikte met haar bloedrode kunstnagels tegen de zijkant
van haar kopje.

'Vooral omdat het Claires idee was om ook jongens uit te
nodigen,' zei Judi. Ze boog naar een schaaltje op de koffietafel,
pakte een biscotti en propte die in haar mond.

'Maar natuurlijk doen we het samen,' zei Massie. 'We zijn al
begonnen aan een lijst voor de uitnodigingen.'

'Ik hoop dat je broertje Todd ook welkom is,' zei Jay tegen
Claire.

'Natuurlijk mag hij komen.' Claire schoof haar handen in de
zakken van haar ribbroek.

'En hoeveel meisjes van jullie jaar wil je uitnodigen?' vroeg
Kendra aan haar dochter.

Massie dacht even na. Als ze 'iedereen' zei, zou haar moeder
zich misschien druk maken over lawaai of rommel. Maar als ze
'bijna iedereen' zei, zou haar moeder boos zijn omdat ze mensen
oversloeg.

'Iedereen,' zei Massie. Ze besloot dat dat bij haar moeder de
beste aanpak was. Ze wachtte met ingehouden adem op een
reactie.

'We zullen er een nachtje over slapen,' antwoordde Kendra.

Massie stampte met haar voet en zette haar handen in haar
zij.

'Ik moet het nu weten…' Claire voelde een klopje achter op
haar been. 'Ik bedoel, wíj moeten het vanavond weten,' zei ze.
'Het is over een week al Halloween, en we willen Landon Dorsey
inhuren voor de organisatie.'

'Wie?' vroeg Claire.

'Zij is de beste organisator in de wijde omtrek. Die vrouw kan
álles,' zei Massie.

Kendra keek de meisjes nog eenmaal aan en zuchtte. 'Ik vind

het prima, als jullie het ermee eens zijn,' zei ze tegen de andere ouders.

'Zeg maar tegen Landon dat ze me belt over de kosten,' zei William.

'Dank je wel, pap.' Massie rende naar de bank. Ze omhelsde haar vader en gaf hem een dikke kus op zijn kalende hoofd.

'En het mobieltje dan?' fluisterde Claire tegen Massie.

'Wat?' zei Massie. Ze was haar vaders schouders aan het masseren.

'Je had beloofd me te helpen vragen om een mobiel.'

Massie bewerkte Williams rug met de zijkant van haar handen, als karateslagen.

'Liefje,' zei Jay tegen Claire. 'Je weet het. Géén mobiele telefoon tot je zestien bent.'

'Ik weet het.' Claire keek omlaag naar haar roze, donzige pantoffels.

'Trusten,' zei Massie. Ze schreeuwde bijna, zo blij was ze. Ze gaf haar ouders een zoen en vertrok.

Claire rende achter haar aan.

Todd zat op de hardhouten vloer buiten de woonkamer geluidloos op zijn Game Boy te spelen, zodat hij de gesprekken kon afluisteren.

'Hé, Massie, zal ik me voor het feest verkleden als een rockster, dan kun jij als mijn stalker gaan.'

'Hé, Todd,' zei Massie. 'Waarom ga jij niet als wasbeer langs de kant van de weg, dan kom ik als vrachtwagenchauffeur die te hard rijdt.'

'Meen je dat?' vroeg hij aan Massie. 'Dat is geweldig.'

Massie negeerde hem en terwijl ze in hoog tempo naar de trap liep, zag ze dat Claire haar volgde.

'Wat een rotstreek!' schreeuwde Claire Massie toe. 'Ik dacht dat we een deal hadden.'

'Nou, déal er dan mee!' schreeuwde Massie terug.

'Goeie!' Todd sloeg met zijn hand tegen zijn vale jeans. 'Hé, heeft iemand zin in een colaatje?'

Maar de enige reacties die hij kreeg, waren zware verzuchtingen, stampende voeten en slaande deuren.

De rammelende boerenwagen van de Hardapple boomgaard schokte en schommelde over de klonten stro en paardenmest die op het pad lagen. De hele tweede klas had moeite om geen warme chocolademelk te morsen op de stugge, wollen dekens waar ze onder zaten. Massie staarde naar de appelbomen waar ze langsreden en probeerde te bedenken hoe ze het Becca Wilder betaald kon zetten.

Het was hun tweede excursie dit jaar, en ondanks het kille weer en de hobbelige rit, zou deze een stuk beter verlopen dan de eerste.

'Hé, Kristen,' schreeuwde Britton Daniels naar achteren. 'Je gaat ons toch niet wéér slechte make-up verkopen?'

Britton en haar tweederangs vriendinnen giechelden.

Massie zag Kristens kaakspieren bewegen.

'Trek je niks van haar aan,' zei Massie. 'Hoe kon jij nou weten dat iedereen dikke lippen kreeg van die make-up?'

'Nou,' zei Dylan Marvil. 'Alsof het jóuw fout was dat iedereen met spoed naar het ziekenhuis moest.' Ze draaide een lange pluk rood haar om haar middelvinger.

'Dylan heeft gelijk.' Alicia's prachtige amandelvormige ogen leken hazelnootkleurig in het zonlicht. 'Moeten ze maar geen gevoelige huid hebben.'

Ondanks de troostende woorden van haar beste vriendinnen weigerde Kristen het onderwerp te laten rusten.

'Hé, Medusa,' riep Kristen terug. 'Ik dacht erover je deze keer iets sterkers te verkopen – een elektrische zaag, of zo. Misschien kun je dan die luizenbos een keertje kammen.'

Britton streek door haar haar. Massie, Alicia en Dylan gierden van de lach.

'Ophouden nu, meiden,' zei Heidi. Hun natuurminnende natuurkundelerares kwam zigzaggend naar Kristen toe, onderweg klampte ze zich aan haar leerlingen vast. Toen ze haar doel eindelijk had bereikt, legde Heidi haar hand op Kristens schouder en ging door met haar les.

'We zijn over een paar minuten op het pompoenveld. De oude Grieken noemden pompoenen *pepons*, dat is Grieks voor "grote meloen".' Het gehobbel van de wagen maakte haar stem bibberig.

'Prachtige pepons heb jij,' fluisterde Massie tegen Alicia.

Alicia was supergevoelig over haar grote borsten, en dat wist Massie. Maar als ze de gelegenheid kreeg een goeie grap te maken, deed ze dat.

Alicia mepte Massie zo hard op haar arm als ze kon.

Dylan lachte voluit, maar het was Kristens hese giechel die de aandacht van hun lerares trok.

'Nog één keer en jij doet vandaag niet mee met pompoen plukken,' zei Heidi tegen Kristen.

Kristen trok de wijde col van haar trui over haar blozende gezicht.

De door paarden getrokken wagen reed naar een enorm veld vol pompoenen, tot boer Randy aan de leidsels trok en ze stilstonden. Heidi begon uit te leggen dat de feloranje kleur van pompoenen afkomstig was van bèta caroteen, maar de meisjes luisterden al niet meer. De meesten tuurden de boomgaard af, zodat ze zouden weten waar ze de mooiste en grootste pompoenen konden plukken als ze straks werden losgelaten.

'Iemand zou die losers moeten uitleggen dat je in onze buurt op iedere hoek van de straat pompoenen kunt kopen voor twintig dollar,' zei Massie

'Ach, nee! Dan is hun hele dag naar de knoppen!' Alicia legde haar hand op haar hart en schudde haar hoofd om te laten zien dat ze medelijden had met haar onnozele klasgenoten.

Op het moment dat Heidi het houten deurtje aan de zijkant van de wagen opende, stormden de 'losers' naar buiten als een kudde op hol geslagen stieren. Claire en Layne renden hand in hand en gilden het uit van het lachen. Ze liepen zo hard ze konden op hun identieke outdoorschoenen met stalen neuzen, en dat was niet heel erg hard. Meena en Heather, Laynes vriendinnen, renden met hen mee.

Massie, Alicia, Dylan en Kristen sloten sjokkend de rijen. Zij waren niet geïnteresseerd in pompoenen, plukken, of aarde.

'Willen jullie weten wat we dit jaar gaan doen met Halloween?' vroeg Massie.

'Eh, even denken,' zei Dylan. 'Trick-or-treating, handenvol snoep eten, meer dan twee kilo aankomen, en dan een hele week niets anders dan dieetshakes eten?'

'Fout,' zei Massie. 'Dit jaar gaan we iets heel anders doen.'

'*O my God*.' Alicia bleef ineens stokstijf staan. Kristen en Dylan stopten ook, al wisten ze niet precies waarom.

'Je gaat een boy-girlfeest geven, je pikt Becca's idee – ik weet het zeker.'

Massie antwoordde met een stoer lachje en een korte knik met haar hoofd.

Dylan en Kristen begonnen uitgelaten op en neer te springen. Het duurde niet lang voor de vier meiden elkaar vastgrepen en al gillend een vreugdedans maakten.

'Ik kan bijna niet wachten om Becca's gezicht te zien als ze dit hoort,' zei Dylan.

'Hoezo wachten?' zei Massie. 'We gaan het haar nu vertellen.'

Becca en Liz waren vlakbij. De twee gespierde atletes stonden in een kring van meisjes die met veel geschreeuw een enorme pompoen probeerden op te tillen.

Becca droeg zoals gewoonlijk een van haar meisjesachtige, zijden topjes. Het zag er altijd raar uit, door dat gedrongen lichaam van haar. Haar asblonde haar reikte tot op haar schouders en hing futloos rond haar ovale gezicht. Massie en de rest van de Schoonheidscommissie hadden ooit besloten dat niemand haar een blik waardig zou keuren als ze niet van die felle, blauwe ogen had.

Liz was een kleinere uitvoering van Becca, zonder de ogen. Die van haar waren een saai soort bruin. Mensen keken naar Liz omdat ze altijd een oranje kleurtje had vanwege haar verslaving aan zelfbruinspray.

'Het is moeilijk te zeggen waar de pompoen ophoudt en Liz begint,' zei Massie.

Alicia, Dylan en Kristen konden hun lachen niet inhouden, terwijl ze op hun tenen op hun doel afgingen, zodat hun hakken niet in de modder zouden blijven steken.

'Hé, Becca,' riep Massie.

'Hé.' Becca deed haar Kangolpetje af en schudde haar haar in model. 'Kom je mijn pompoen bekijken? Hij is zo groot dat boer Randy een kruiwagen is gaan halen om hem naar de wagen te kunnen brengen.'

'Nee, ik kwam je even de zin van het leven vertellen,' zei Massie. Kristen, Dylan en Alicia gniffelden.

'Waar heb je het over?' zei Liz. 'Niemand kent de zin van het leven.'

'Massie wel.' Alicia ging op Becca's pompoen zitten en liet haar been heen en weer zwaaien – de hiel van haar laars maakte deuk na deuk.

'Waar ben je mee bezig!' gilde Becca. 'Ga weg!'

'Als-je-blieft, zeg, ik raak hem niet eens aan.'

De meiden die hadden gezien hoe Becca en Liz met de pompoen worstelden deden een paar passen achteruit. Ze wilden erbuiten blijven.

'Nou, wat is dan de zin van het leven?' vroeg Liz.

'Ik geef een boy-girlfeest met Halloween,' antwoordde Massie.

'No way!' krijste Becca. Ze stampte met haar voet in de aarde. 'Dat is gemeen. Dat was míjn idee.'

'DAT IS HET LEVEN!' riepen Massie, Kristen, Alicia en Dylan in koor. Ze besloten met een rondje high fives, om het Becca flink in te peperen.

De meisjes aan de zijlijn giechelden achter hun hand.

Becca was verbijsterd.

'Doe iets,' zeiden de lippen van Liz.

Maar voor Becca iets kon doen, klonk er een harde plof. Becca's hoofd schoot opzij op zoek naar waar het geluid vandaan kwam.

'Oeps.' Alicia's grote, bruine ogen waren wijdopen – ze deed alsof er iets onverwachts was gebeurd. 'Sorry.' Ze sprong van de pompoen en wees naar haar Jimmy Choo-laars die uit de zijkant stak.

Alicia stond op één been en rukte aan de laars, terwijl Kristen en Dylan de pompoen vasthielden om te voorkomen dat hij zou omrollen.

'Wat een rotstreek.' Becca's onderlip trilde terwijl ze tegen de tranen vocht.

De meisjes die wat opzij stonden giechelden weer.

'We moeten het tegen Heidi zeggen,' zei Liz.

'Nee, niet doen,' zei Becca, en ze greep haar vriendin bij de arm. Ze wist dat ze beter haar mond kon houden.

'Gelukt!' Alicia had haar laars te pakken. Ze wreef de slijmerige, oranje ingewanden van de hiel en smeerde die aan de zijkant van de pompoen.

'Geef je echt een boy-girlfeest?' vroeg Becca.

'Wacht even,' tetterde Liz erdoorheen. 'Misschien is haar feest niet op de 31ste.' Ze dacht echt dat ze een belangrijke ontdekking had gedaan.

Zelfs Becca rolde met haar ogen toen ze dat hoorde.

'Tenzij de datum van Halloween officieel wordt veranderd, is mijn feest op de 31ste,' zei Massie. 'Maar omdat je denkt dat ik, en ik citeer, al bijna uit ben, en dat ik, en ik citeer weer, steken laat vallen, einde citaat, hoef je niet op een uitnodiging te rekenen.'

Massie, Alicia, Dylan en Kristen draaiden zich om en liepen weg van twee diep gekwetste meisjes, hun geschokte vriendinnen en een verminkte pompoen.

'Kom op, dames,' riep Heidi. Ze stond twee rijen verderop opgewonden naar een stapel miniatuur-pepons te wijzen, alsof ze dáárvan ineens enthousiast zouden worden.

'Doe net of je doof bent,' zei Massie. Ze negeerden de lerares en liepen allemaal tegelijk de andere kant op.

'Oké, wat gebeurt er eigenlijk op een boy-girlfeest?' vroeg Dylan. Ze probeerde geïnteresseerd te klinken in plaats van zenuwachtig, maar Massie keek dwars door haar heen.

'Het is één grote zoensessie,' zei Massie. 'Maar op mijn feest komt iedereen verkleed, dus we weten niet eens wie we aan het zoenen zijn.'

'Echt waar?' vroeg Kristen.

'Ben je echt zo dom?' zei Massie meteen. 'Tuurlijk niet.'

'Nou, zo gaat het ongeveer wél.' Alicia gooide haar lange, donkere haar over haar schouder.

'Wat?' vroegen Massie, Dylan en Kristen allemaal tegelijk.

'Ik ben afgelopen zomer naar een boy-girlfeest geweest bij mijn nichtje in Spanje, en we hebben vijf uur lang Zoenen of Gezoend gespeeld.' Alicia trok haar schouders naar achteren en stond zelfverzekerd voor hen. De anderen keken haar glazig aan.

'Pardon?' zei Alicia. 'Hebben jullie nog nooit Z of G gespeeld?'

'Ga je ons nog vertellen wat het is?' zei Massie bits. Ze vond het vreselijk als een van haar vriendinnen meer wist dan zij.

'Het komt hierop neer: je moet iemand uitzoeken om te zoenen, en als je dat niet doet, beslist degene die naast je zit voor jou.' Alicia zweeg even. 'Ik heb zo veel jongens gezoend dat ik in één avond door een heel buisje lipgloss heen was.'

Massie had geen idee hoe ze hierop moest reageren. Het leek alsof haar beste vriendin een vreemde was.

'Nou, ik weet niet zeker hoe enthousiast mijn moeder zal zijn over dat spelletje, maar we kunnen het altijd proberen,' zei Massie. Voor het eerst in haar leven hoopte ze dat haar moeder in de buurt zou zijn om zich ermee te bemoeien.

Massie zag dat Kristen en Dylan haar strak aankeken, ze probeerden erachter te komen wat de uitdrukking op haar gezicht betekende. Ze wilde niet laten blijken dat ook zij stiekem in paniek was, daarom draaide ze zich naar de eerste de beste pompoen en gaf hem een schop.

'Deze is nog niet rijp,' zei ze tegen niemand in het bijzonder.

'Volgens mij moeten we supersexy kostuums aantrekken,' zei Alicia.

'Ben ik helemaal voor.' Dylan draaide een rondje om haar nieuwe, smalle taille te showen en kreeg een mep in haar gezicht van haar eigen, krullende rode haar. 'Zeven dagen, en ik ben al tweeënhalve kilo kwijt dankzij het South Beach dieet. Op het Halloweenfeest zie ik eruit als een supermodel.'

'Ik heb een onsexy kostuum nodig om naar het feest te gaan, anders mag ik van mijn ouders de deur niet uit,' zei Kristen.

Alicia draaide zich om en liet haar grote bruine ogen op Kristen rusten. 'Waarom maken we er niet een Wees Jezelf Feest van, dan kun jij als non gaan.'

'Ga jij dan als bitch, of slet?' zei Kristen fel.

'Allebei,' zei Alicia met een ondeugend lachje.

'Mijn ouders mogen dan enorm preuts zijn, maar dat ben ik niet. Trouwens, ik wil er sexy uitzien voor het geval Derrick Harrington er is.' Kristen ging blozen zodra ze de naam van de jongen zei. 'Je gaat hem toch uitnodigen, Mass?'

'Vanzelfsprekend.'

'Sinds wanneer vind jij Derrick Harrington leuk?' vroeg Dylan. Ze ging op een grote pompoen zitten en sloeg haar benen over elkaar.

'Ik ben al een paar weken verliefd op hem,' zei Kristen. 'Sinds het liefdadigheidsfeest voor de OCD-beurs.'

De jaarlijkse galaveiling werd elk jaar in september gehouden op het landgoed van Block. Het was de manier van de gemeenschap om geld in te zamelen voor de privé-school, maar, belangrijker nog, het was een uitgelezen mogelijkheid om met jongens te flirten. Die avond was Massie heimelijk verliefd geworden op Cam Fisher. Hij hoorde bij de populairste groep op Briarwood en stond bekend als een fan-tas-tische voetbalkeeper. Hij bleek de teksten te kennen van alle songs waarop ze hadden gedanst, en daarvan was Massie pas echt onder de indruk. Ze besloot haar vriendinnen niets te vertellen over haar verliefdheid tot ze absoluut zeker wist dat Cam hetzelfde voor haar voelde. Ze hoopte dat ze daar tijdens haar Halloweenfeest antwoord op zou krijgen.

'Massie, ik heb je verteld dat ik Derrick Harrington leuk vind, weet je nog?' vroeg Kristen.

'No way.' Dylan rolde met haar ogen. 'Ik heb Massie eerder verteld dat ik hem leuk vind.'

'Nee, dat heb je tegen míj gezegd,' zei Alicia.

'O,' antwoordde Dylan. 'En je hebt het niet aan Kristen verteld? Ik ben geschokt.'

'Ik had die week geen punten meer nodig. Ik zat al op twintig.'

'Whatever. Het leek me ook wel duidelijk. Ik bedoel, we hebben de hele avond gedanst.'

'Ja, maar jij zei dat hij bewoog alsof hij geëlektrocuteerd werd,' zei Kristen.

'Nou, jij zei dat hij te klein voor je was en dat hij alleen over voetbal wilde praten,' antwoordde Dylan.

'Dat komt goed uit, want IK BEN GEK OP VOETBAL,' zei Kristen.

'Laat Derrington maar beslissen wie hij leuk vindt,' zei Massie. Ze moest om zichzelf lachen vanwege het 'Derrington'. Het was een echte soapnaam – heel toepasselijk, gezien dit drama.

'Goed,' zeiden Kristen en Dylan tegelijk.

'En wat doen jullie dan als de ander hem krijgt?' plaagde Alicia.

De twee meiden fronsten naar Alicia en toen naar elkaar.

'Kunnen we nu ophouden met ruziemaken? Ik wil het over onze kostuums hebben.' Massie had er een hekel aan als haar vriendinnen ruzie hadden. Alleen al het idee dat haar groep uit elkaar zou vallen, maakte haar doodsbenauwd. Het zou saai zijn op school als ze elkaar niet hadden, en bovendien zou Becca alsnog gelijk krijgen. Massie zou haar invloed kwijt zijn. Haar kracht lag in haar vriendinnen, en zonder de drie meiden zou ze helemaal uit zijn.

Heidi blies op haar fluitje en dat was het teken dat het tijd was om terug te gaan naar de wagen.

Massie, Kristen en Alicia grepen de eerste de beste pompoen die ze zagen, en Dylan koos een klein, bobbelig kalebasje. Daar kwamen de meiden niet meer van bij, en op dat moment leek de ruzie verleden tijd.

Ze klommen in de boerenwagen en gingen weer achterin zitten.

'Ik heb er gisteravond goed over nagedacht, volgens mij moeten we als Dirty Devils gaan.' Massie bleef bij haar onderwerp. 'Dan kunnen we tegelijkertijd slonzig en slecht zijn.'

'Fantastisch idee,' zei Dylan, en ze stopte vier kauwgompjes tegelijk in haar mond. Daardoor wist Massie dat ze nog steeds uit haar doen was.

'Ja, gaaf,' zei Alicia.

'Wat houdt het precies in?' vroeg Kristen.

'Nou, voor de dirty-look doen we strakke, gescheurde T-shirts aan, zodat het lijkt alsof we gevochten hebben, en rode micromini's met zwarte boxershorts van Calvin Klein eronder,' zei Massie. 'En dan hebben we staarten en hoorntjes voor de devil-look.'

'O ja, en dan schrijven we iets achter op de boxers, zodat iedereen het kan zien,' zei Alicia.

'Glitterletters!' riep Dylan.

'Dat wilde ik net zeggen,' zei Kristen.

Dylan rolde met haar ogen.

Toen boer Randy het parkeerterrein op reed, boog Dylan zich over Massie en Alicia heen en smeet haar bobbelige kalebas op Kristens schoot.

'Hier, pak aan. Je wilt toch alles hebben wat van mij is,' zei ze.

'Prima, bedankt,' zei Kristen, en ze propte de kromme vrucht in haar tas.

Stand van zaken

IN	UIT
Massie Block	Becca Wilder/ Liz Goldman
Ruzie over jongens	Ruzie over spullen
Kalebassen	Pompoenen

Op de achterbank van de Lexus van haar ouders schoof Layne dichter naar Claire en fluisterde in haar oor.

'Niet te geloven dat jullie jongens uitnodigen voor het feest.'

'Waarom fluister je?' vroeg Claire.

Layne wees naar haar moeder, die vandaag achter het stuur zat om de meisjes te carpoolen. 'Als ze ontdekt dat we met jongens omgaan, wil ze meteen weten wie we leuk vinden – echt té gênant. Geloof me.'

'En dáárom wil jij geen jongens op het feest?' vroeg Claire.

'Nee, hoor. Ik denk alleen dat er niks aan is als zij erbij zijn.'

Claire keek uit het raam. Het was herfst en de bomen waren bijna kaal – op wat gele en rode bladeren na. Claire had nooit seizoenen meegemaakt in Florida en ze hoopte dat deze verandering voor haar iets goeds zou brengen. Ze zweeg even en draaide haar gezicht toen weer naar Layne.

'Alle meiden zijn natuurlijk alleen maar bezig om cool te zijn, zodat ze indruk kunnen maken op de jongens,' zei Layne.

'Volgens mij wordt het feest er alleen maar leuker van,' zei Claire. 'Mijn vorige school was gemengd, en alles ging er veel gemakkelijker aan toe dan op OCD. Jongens hebben bijvoorbeeld veel minder vaak ruzie dan meisjes, en ze praten niet de hele tijd over kleren.'

'Volgens mij is het feest alleen maar bedoeld als een show voor Massie en haar vriendinnen. Wedden dat zij als poezen of Playboy-konijntjes of Franse dienstmeisjes komen? Die doen alles om er hot uit te zien.'

Claire draaide zich helemaal om naar Layne. 'Heb jij ooit met jongens op school gezeten?' vroeg ze.

Layne leunde naar voren en liet haar kin op haar moeders arm rusten. 'Mam, zaten er jongens bij mij op de crèche?'

'Ja,' antwoordde haar moeder. 'En nu weg met dat hoofd, voordat we een ongeluk krijgen.'

Layne zuchtte en liet zich achterovervallen.

'Zie je wel,' zei Claire. 'Je hebt geen ervaring, daarom vind je het eng.'

'En hoeveel ervaring heb jíj dan?' fluisterde Layne. 'Heb je wel eens een date gehad?'

'Je hebt helemaal geen date nodig,' fluisterde Claire terug. 'Van een beetje rondhangen met jongens in de pauze kun je een hoop opsteken.'

Eindelijk kon Claire zeggen dat ze iets gedaan had wat niemand op OCD had gedaan, ook al was het alleen maar tikkertje spelen met jongens en je aan je haar laten trekken in de klas. Ze nam zich voor die zogenaamde ervaring tot de laatste druppel uit te melken.

Mevrouw Abeley reed de cirkelvormige oprijlaan van het landgoed van Block op.

'Bedankt voor de lift, mevrouw Abeley.' Claire knipoogde naar Layne voor ze uit de Lexus stapte. 'Ik bel je nog wel,' fluisterde ze.

Claire deed extra haar best om het portier zachtjes te sluiten. Een van de vele lessen die ze van de Westchester-elite had geleerd, was dat je een autoportier nooit mocht dichtsmijten. Dat was blijkbaar een gruwelijk misdrijf, net zo wreed als een jong hondje schoppen.

Judi Lyons kwam net aanrijden. Ze liet haar raam zakken en de stem van Kelly Clarkson tetterde naar buiten. Ze zette de autoradio zachter. 'Claire, wil je even helpen met de boodschappen uitladen?'

Claire keek hoe de luxewagen van de Abeleys over de ronde oprijlaan weggleed van het landgoed van Block. Ze draaide zich om naar haar moeder. 'Wanneer gaan jij en papa een échte auto kopen?' vroeg ze. 'Dat je niet baalt van die huurauto, zo'n lelijke Ford Taurus.'

'Sinds wanneer vind jij auto's belangrijk?' Judi keek haar dochter enigszins wantrouwend aan. Ze gaf Claire twee tassen vol boodschappen.

'Ik wil het alleen maar weten, meer niet. Ik vind dat jij en papa wel iets beters verdienen.'

Claire stopte even en liet de tassen op de grond zakken. Ze pakte ze beter vast en tilde ze weer op.

'Beter dan een Taurus?' zei Judi. 'Dat is alleen maar geldverspilling. Deze auto is perfect voor ons. Trouwens, ik dacht dat je hem mooi vond.'

'Vond,' zei Claire. 'Maar het is tijd voor iets anders.'

'Goed hoor, laat het maar weten als jij je iets beters kunt veroorloven,' zei Judi.

Claire durfde van schaamte geen antwoord te geven en wilde dat ze er nooit over was begonnen.

Ze droegen de tassen met boodschappen naar de keuken en zetten ze neer op de witte formica ontbijttafel.

'Dank je, ik zal ze wel uitpakken,' zei Judi. 'Ik dacht dat jij een afspraak had voor de planning van het feest?'

'Ja, om vier uur,' zei Claire. 'Ik heb nog een kwartier.'

Claire verorberde twee kommen Cap'n Crunch en liep naar het grote huis. Volgens haar roze Baby G-Shock was ze vijf minuten te vroeg. Ze belde drie keer en hoopte dat ze een paar minuten met Massie over kostuums kon praten, voor Landon zou komen.

'Claire, ik ben blij dat je er eindelijk bent,' zei Kendra terwijl ze

Claires jas aannam. 'Massie en Landon wachten op je in de serre.

De hal was warm en welkom na de kille oktoberlucht, en Claire voelde haar wangen tintelen. Het huis geurde naar Thanksgiving. Dat was aan Inez te danken, die in de keuken het avondeten stond klaar te maken – krokante kip, knapperig gebakken aardappeltjes, pecannotentaart, en yoghurtijs voor Massie. Claire schoof haar gympen van haar voeten en liep naar de 'kas'. De drie muren waren van glas en keken uit op de achtertuin. Maar in plaats van planten en bloemen stonden er een pooltafel en bar met alles erop en eraan.

'Massie, ken jij het woord jux-ta-po-si-tie?' hoorde Claire. De onbekende vrouw benadrukte elke letter en elke lettergreep, alsof ze haar woorden met messen sleep voordat zij ze gebruikte. 'Want daar ga ik voor. Op het moment dat je twee tegenpolen naast elkaar zet, of jux-ta-po-neert, krijg je magie. Daarom denk ik dat het thema van het feest...'

Haar zin eindigde met een noodstop toen Claire de serre binnenliep.

'O, zijn jullie al begonnen?' vroeg Claire. 'Het is net vier uur.'

'Als je het over tegenpolen hebt,' siste Landon. Ze schoof haar dikke, zwartgerande bril omhoog en bekeek Claires outfit.

'Ik had kwart voor vier gezegd,' zei Massie. 'Maar het maakt niks uit. Ik heb al verteld wat we willen.'

Claire zuchtte. Ze stopte haar hand in de achterzak van haar oude kaki broek. Als ze die weddenschap met Massie niet had, zou ze nooit zo'n strakke broek aantrekken. Elke keer als ze haar broek omlaag trok om te plassen, zag ze de afdruk van de tailleband op haar buik. Massie zag er natuurlijk perfect uit: zwarte maillot, plooirokje van spijkerstof, en een donzige kasjmieren trui met capuchonkraag.

Nog negenentwintig dagen.

'Er staat vier uur op het briefje dat je gisteravond voor me achterliet.' Claire trok een opgevouwen vel papier uit haar zak en stak het naar voren.

Massie haalde haar schouders op.

'Veeg die verbaasde blik van je snuit,' zei Landon. 'En kom bij ons zitten. Je bent al laat genoeg.' Ze klopte op de lege barkruk naast haar.

Claire ging zitten. Landon streek met haar gemanicuurde hand over haar hoofd om te voelen of er door de onderbreking geen haren uit haar strakke knot waren gesprongen. 'Zoals ik zei, het perfecte thema voor jullie evenement is Kermis in de Hel.' Ze sloeg haar handen in de bidstand en wachtte op de reactie van de meisjes. Ze kreeg slechts nietszeggende blikken.

'Feest en horror. Samen,' zei Landon.

'Gewéldig,' zei Massie. 'Kunnen we dan een reuzenrad krijgen?'

'We kunnen alles doen wat je wilt.' Landon trok haar stift uit de houder alsof het een zwaard was en tikte op het schermpje van haar PalmPilot, terwijl ze ratelde over ideeën die haar op dat moment invielen.

'Ik heb vijftien podia nodig, twintig afgehakte hoofden, zeven als duivel verklede serveersters, etalagepoppen... liefst piepschuim, een dj, minstens vijf hooivorken voor de kampvuren, die ik... eh, hoe zal ik die noemen?'

Landon tikte met de pen tegen haar kin terwijl ze nadacht. 'Ik weet het... De Vage Vuren. Wat ben ik goed!' Ze keek op en zag dat de meisjes haar aanstaarden.

'Goed,' zei ze terwijl ze haar PalmPilot uitschakelde. 'De rest kan ik op kantoor wel afmaken.'

Claire slaakte een zucht van verlichting.

'Oeps, nog één dingetje.' Landon trok een doos uit haar tas. 'Ik heb uitnodigingskaarten meegenomen. Als jullie de griezelige katten niet leuk vinden, in de auto heb ik nog een doos spoken.'

'Het is oké, we nemen de katten,' zei Massie. Ze pakte de doos aan. 'Spoken zijn enorm brugklas.'

'Je hebt gelijk.'

'Hoe zit het met snoep?' vroeg Claire. Serveersters en podia en griezelige katten interesseerden haar niks. Op dit feest wilde ze alleen jongens en snoep.

'Pardón?' Landon draaide haar gezicht langzaam naar Claire.

'Ik vroeg me alleen af of er ook snóep zou zijn,' zei Claire.

'Let maar niet op haar,' legde Massie uit. 'Het is haar eerste evenement.'

Landon pakte een goudglanzend visitekaartje uit een etui en gaf het aan Claire.

'Wat staat er onder de naam Landon Dorsey?' vroeg ze.

Claire keek naar Massie. Massie haalde haar schouders op.

Claire keek naar het visitekaartje.

'Er staat "professional party planner".'

'Precies,' zei Landon. Haar ogen waren gesloten. 'Dat betekent dat er zo veel snoep is dat je kotsmisselijk kunt zijn tot ik het feest voor je zestiende verjaardag kom plannen.'

Daarop zocht Landon de spullen bij elkaar en gooide haar met lippenstift besmeurde Starbucksbekertje in de prullenbak.

'Nu snel aan het werk met die uitnodigingen,' riep ze achteromkijkend. 'Ik wil dat ze morgenochtend op de bus gaan. Het feest is al over een week.'

'Kee,' riepen ze alle twee.

'Terminator,' fluisterde Claire. 'Dat jij haar aardig vindt. Het ontbrak er nog maar aan dat ze haar gezicht afdeed om ons haar bedrading en bungelende oogballen te laten zien.'

'Zzij izz ein professioneell parrty plannerr,' zei Massie in haar beste imitatie van Arnold Schwarzenegger.

Claire viel bijna om van verbazing. Ze had verwacht dat Massie Landon onmiddellijk zou verdedigen.

'Hasta la vista, Landon. Tot mein zèssstiende vejaarrdak,' grapte Claire.

De meisjes schoten in de lach.

'Ze is een totale freak, maar ze is goed,' zei Massie. 'Je moet haar gewoon vertrouwen en geen stomme vragen stellen, zoals of er snoep zal zijn op een Halloween-feest.'

Claire zuchtte diep. Het was heel even leuk geweest met Massie, maar dat was nu voorbij.

'Hier is een lijst van alle OCD-meisjes en Briarwood-jongens van ons jaar.' Massie sloeg haar lavendelkleurige notitieblok van Clairefontaine open en legde het op de bar zodat Claire het kon zien. Vervolgens stopte ze haar hand in haar zwarte koerierstas en pakte er een flesje paarse nagellak uit. 'Ik doe de uitnodigingen voor de jongens, aangezien zij jou nog niet kennen, en ik doe ook iedereen die ik een paars stipje geef. Dan kan jij alle anderen doen. Kee?'

Claire zag dat haar lijst geheel bestond uit de meiden die Massie ooit had aangeduid als de HL's (Hopeloze Losers).

'Wie is dat?' vroeg Claire, en ze wees naar het paarse vraagteken dat Massie naast een van de namen had gezet.

'Olivia Ryan,' zei Massie. 'Een totaal leeghoofd. Niemand heeft haar meer gezien sinds de eerste dag na de grote vakantie. Haar kennende, zal ze wel vergeten zijn waar de school staat.' Massie tikte met het nagellakflesje tegen haar ondertanden. 'Ik zet haar wel op mijn lijst.'

Ze liet een kloddertje paars op het vraagteken naast Olivia's naam vallen, zodat het een stip werd. 'O ja,' zei ze. 'Denk je eraan om Claire Lyons en jóuw telefoonnummer onder aan de uitnodiging bij RSVP te zetten, zodat de mensen die jij uitnodigt jóu bellen en niet mij?'

Later die avond deed Claire precies wat haar was opgedragen. Ze besloot alleen dat haar naam gespeld werd als *Massie Block*, en schreef daarbij het mobiele nummer van een bepaald persoon, met de speciale toevoeging 'dag en nacht bereikbaar'.

Als Massie erachter kwam, zou ze waarschijnlijk een maand lang moeten lunchen in de muffe kast van de conciërge. Maar dat had ze er graag voor over. Ze was het zat om behandeld te worden als een loser.

'De strijd is nú begonnen.' Claire likte haar laatste envelop en plakte hem dicht.

Massie stond voor haar passpiegel en liet haar hoofd naar rechts zakken. Dat deed ze altijd als ze een nieuwe outfit probeerde. Uit die hoek leek het alsof ze zichzelf door de ogen van een ander zag. Dat kwam het dichtste bij een second opinion.

'Blègh, dit kan ik ook niet aan,' zei Massie tegen Bean, die als een balletje opgerold op een berg truien lag. Ze trok een rood shirt met een V-hals over haar hoofd en gooide het op het bed bij de rest van de afgekeurde kleren. Normaal gesproken was het paarse donsdek de enige kleuruitbarsting in Massies volledig witte kamer, maar vandaag lagen er kleren in alle kleuren van de regenboog. Massie zette haar handen in haar zij en nam de puinhoop in ogenschouw.

'Het lijkt wel alsof mijn kasten allemaal tegelijk hebben overgegeven. Die weddenschap is een ramp.'

Bean deed haar ogen open en rekte zich uit.

'Bean, alles in mijn kast lijkt oudbakken. Als mijn spijkerbroeken niet snel een paar nieuwe topjes krijgen om mee te spelen, gaan ze dood van verveling.'

Het hondje likte haar pootjes.

'Hoe kan ik nou helemaal niets kopen als ik vandaag naar de mall ga?'

Bean blafte één keer.

'Leuk geprobeerd, Bean, maar Halloween-kostuums tellen niet mee,' zei Massie. 'Ik bedoel iets nieuws en leuks, waar iedereen jaloers op is. Niemand mag ooit nog denken dat ik aan het afglijden ben.'

'Schatje, we vertrekken over drie minuten,' zei Kendra's stem door de intercom.

'Kee, mam, ik kom er aan.' Massie sprak in het doosje op haar nachtkastje.

Maar ze liep nog in haar ondergoed.

Massie gluurde uit het raam van haar kamer in de hoop dat ze een glimp van Claire zou opvangen die worstelde om iets te vinden wat ze nog niet eerder aan had gehad. Maar het licht in haar kamer was uit. Ze stond waarschijnlijk al beneden te wachten.

Blègh!

Massies telefoon ging drie keer over, voordat ze hem vond onder een verkreukeld jasje.

'Hé, Kristen, watisser?'

'Nou, niks.' Kristen klonk alsof ze ergens van baalde.

'Is er iets aan de hand?' Massie hield een grijs DKNY-shirt bij haar gezicht en gooide het over haar schouder.

'Ik kan er gewoon niet bij dat je niet met ons meegaat om te shoppen,' zei Kristen. 'Dit is de laatste zaterdag voor Halloween, en als we allemaal dezelfde kostuums aan willen...'

'Denk je nou echt dat ik met Claire mee wil?' vroeg Massie. 'Dat ik ooit voor haar zou kiezen en niet voor jullie? Hou toch op! Je kent me toch? Ik offer me op voor het feest, en dat weten jullie heel goed.'

'Sorry. Ik ben gewoon een beetje van slag, omdat Dylan op Derrington valt. Alicia kiest duidelijk partij voor haar. Ze zegt dat Dylan veel eerder iets over haar verliefdheid heeft gezegd dan ik, maar dat komt alleen doordat ik het aan jou had verteld, en niet aan haar.'

Terwijl Kristen sprak, zat Massie te bedenken hoe ze tóch met haar vriendinnen gezien kon worden. Want stel je voor dat ze Becca of Liz zouden tegenkomen? Het zou een verkeerde indruk geven als zij er niet bij was.

'Hé, jullie zouden vandaag toch naar de mall gaan?' vroeg Massie.

'Nee, we gaan...'

'Kristen, volgens mij waren jullie van plan om vandaag naar de mall te gaan.' Haar woorden klonken vlijmscherp.

'O, natúúrlijk, dat is waar ook,' zei Kristen. 'Dat hebben we dágen geleden al afgesproken.'

'Het moet er wel uitzien alsof het helemaal toevallig is,' zei Massie. 'Mijn moeder denkt dat Claire en ik vriendinnen zijn – tussen aanhalingstekens. Als ze in de gaten krijgt dat ik er iets mee te maken heb, gaat het feest niet door.'

'Geen probleem. Ik ben een geboren actrice. Mijn moeder denkt toch nog steeds dat ik oma-vestjes en wijde broeken naar school draag, of niet soms? We bellen wel als we er zijn.'

De meisjes hingen op en Massie ging weer voor haar kast staan.

Ze moest haar oude kleren op een nieuwe manier dragen, besloot ze. Ze kon die weddenschap alleen overleven als ze zichzelf liet geloven dat ze iets nieuws had gekocht. Ze reeg een van haar vaders Armani-stropdassen (een overblijfsel van een kortstondige Avril Lavigne-fase) door de lussen van haar Sevens, zodat hij opzij van haar been bungelde als ze liep. Vervolgens trok ze een wit overhemd van Brooks Brothers (dat ze meestal gebruikte om in te slapen) aan over haar topje. Ze liet alle knopen open, op de twee onderste na. Zodra ze haar mouwen had opgerold en haar bedelarmband had vastgeklikt, was ze klaar.

'Kostschoolchic,' zei ze tegen Bean.

'We gaan,' zei Kendra door de intercom.

Massie liep naar beneden en begroette de moeders, Claire en Todd met een glimlach. Ze was blij om te zien dat Claire er heel ongemakkelijk uitzag in een superstrak mosterdgeel T-shirt dat nauwelijks over haar ribben heen kwam.

'Wat vind je ervan dat je zuster jouw kleren leent?' vroeg Massie aan Todd.

Hij stond bij de voordeur een banaan te eten.

'Ha, ha! Ik wist wel dat ze het zou zien,' zei Todd breed grijnzend tegen Claire.

Hij was nauwelijks verstaanbaar, want hij sprak met zijn mond vol. Massies maag draaide om van de kleverige smakgeluiden.

Claire keek haar broertje woedend aan.

'Het is gewoon wasdag vandaag,' zei ze tegen Massie. 'Trouwens, we hebben niets gezegd over lenen.'

'Leef je maar lekker uit. Todds kleren staan je misschien nog wel beter dan mijn oude skipak.' Massie draaide de bungelende stropdas al pratend om haar pols.

'Ik zou maar even dimmen als ik jou was,' zei Claire. 'Mijn moeder zei dat ik vandaag nieuwe kleren mag kopen in de mall.'

Het leven was toch wel heel onrechtvaardig, vond Massie. Haar mondhoeken voelden alsof ze door drogend cement omhoog moesten klieven, maar uiteindelijk forceerde ze een wat-geweldig-ik-ben-zo-blij-voor-je-glimlach op haar gezicht.

'Je houdt wel heel goed in de gaten wat ik zoal aanheb,' fluisterde Todd in Massies nek. 'Heb je die leuke, grijze Docker's toevallig gezien die ik vorige week heb gekocht?'

Zijn warme adem rook naar banaan.

'Heb jij toevallig mijn Jimmy Choo's van tien centimeter gezien?'

Ze ging met de hak van haar laarsje op Todds voet staan. Hij gilde zachtjes en strompelde naar zijn moeder.

'Liefde doet pijn,' zei Massie.

Claire en Todd renden door de automatische deuren van het winkelcentrum, alsof ze waren losgelaten in Six Flags.

'Zouden ze hier een Dairy Queen hebben?' schreeuwde Todd tegen Claire. Hij kon haar niet bijhouden vanwege zijn recente voetblessure.

'Elke mall heeft een Dairy Queen,' riep Claire achterom. 'Massie, ga je mee naar de snoepwinkel?'

'Ik heb geen zin om mijn calorieën te verspillen,' zei Massie terwijl ze haar mobiel bekeek voor eventuele berichten.

Claire moest onmiddellijk denken aan haar oude vriendinnen van thuis. Zij waren allemaal gek op snoep. Ze kochten het samen, deelden het met elkaar en hadden noodvoorraden, weggestopt in hun kasten. De meiden in Westchester deden precies hetzelfde. Behalve dat snoep voor hen bestond uit schoenen en tassen.

Claire stopte haar hand in de achterzak van haar zwartsatijnen uitgaansbroek (yuk, die stomme weddenschap) en liet haar vingers langs de drie dollarbiljetten glijden die haar vader haar had gegeven voordat ze wegging. Ze beloofde zichzelf plechtig dat ze zou afkicken van suiker – na deze laatste zonde. De jongens van Briarwood vonden het waarschijnlijk kinderachtig. Massie vond dat zeker.

'Oké,' zei Kendra. 'We zien elkaar over tien minuten bij Nordstrom.'

De zon straalde door de dakramen en vulde de mall met warm

licht. De Westchester leek in niets op de betonnen barakken in Florida waar Claire met haar vriendinnen uit shoppen ging. Deze mall had geen Spencer Gifts of een Strawberry. Hier liepen mensen in en uit winkels als Louis Vuitton, Sephora, en Versace Jeans Couture. Ze droegen grote zonnebrillen, zoals filmsterren, en hoge hakken die klikklakten bij elke stap op de glanzende marmeren vloeren.

Claire had het gevoel dat de stijlvolle etalagepoppen haar minachtend bekeken, net zoals Massie, Alicia, Kristen en Dylan dat deden. Ze voelde zich pas op haar gemak toen ze de Sweet Factory binnenstapte. De vertrouwde potten kleurige snoepjes die langs de wanden stonden, deden haar aan thuis denken. Ze schepte een berg winegums in een plastic zak en rekende af bij de kassa.

'Bedankt voor je aankoop bij de Sweet Factory.' De dikke tiener presteerde het om het wisselgeld aan Claire te overhandigen zonder op te kijken van zijn boek – *De nieuwe dieetrevolutie* van Dr. Atkins.

'Nee,' zei Claire, 'jíj bedankt.' Ze stopte een oranje voetje in haar mond en liep terug naar de anderen.

Massie kwam als laatste aan bij Nordstrom, en was de enige die niet iets zoets aan het eten was. Zelfs Judi en Kendra aten ieder de helft van een grote koek van zwarte en witte chocola.

'Het zal wel moeilijk voor je zijn om niets te kopen met al die winkels om je heen,' zei Claire tegen Massie.

'Ik zou het niet weten,' zei Massie. 'Ik heb er niet echt bij stilgestaan.'

Maar Claire zag aan de manier waarop Massie hunkerend naar de tassen van voorbijgangers keek dat ze loog. Ineens vond ze die hele weddenschap een stom idee. Ze wilde Massie niet irriteren, ze wilde juist geaccepteerd worden door Massie.

'Wil je een paar calorieën?' vroeg Todd aan Massie. Hij hield een kleverig kaneelbroodje omhoog.

'Nee, dank je.'

'Ach, neem toch een heel klein stukje. Doe eens lekker zondig.'

'Nee, dánk je.'

'Hij is wa-harm.' Tod zwaaide het broodje onder haar neus heen en weer.

'Todd, had ik koffie besteld?' vroeg Massie.

'Eh, nee,' antwoordde Todd.

'Waarom gedraag je je dan als ober?' beet Massie hem toe.

'Het spijt me dat ik je iets aanbood,' zei Todd. Hij droop af.

Claire giechelde. Ze wroette door haar zak winegums, om de groene snoepjes heen.

'Wil je hier een paar van?' Claire bood Massie de zak aan, ook al wist ze dat het niet de moeite waard was.

Massie pakte een handvol winegums. Todds mond zakte open.

'Ja hoor, van Claire neem je wel iets aan,' zei hij. 'Sinds wanneer vind je haar leuker dan mij?'

'Sinds altijd,' zei Massie.

Todd was zo gekwetst dat hij naar de moeders rende. Claire daarentegen was in de wolken. Massie vond haar zomaar leuker dan iemand anders. Het kon haar niets schelen dat die iemand haar stomme broertje was. Het was een begin.

'Die laat je voorlopig wel met rust,' zei Claire.

Massie graaide nog een hand winegums uit de zak.

De meisjes gingen langzamer lopen om de afstand tussen hen en de moeders en Todd te vergroten.

'Hoe ga jij naar Halloween?' vroeg Claire.

'Als Dirty Devil,' zei Massie. Het klonk als duwtie defuh, omdat ze op een gummywurm aan het kauwen was.

'En jij?'

'Misschien als Blossom van de Powerpuff Girls. Ze is slim, mooi, en ze kan flinke klappen uitdelen. Bovendien heb ik dat kostuum nog van vorig jaar.'

'Lijkt me wel oké. Gelukkig ga je niet voor een kostuum met een boodschap of een woordgrap. Je weet wel, als Gevonden Voorwerp, of zo.'

'O, ja, die willen graag slim overkomen.' Claire had nog nooit nagedacht over dat soort kostuums, maar besloot het toch met Massie eens te zijn.

'Waarom trekken jullie niet hetzelfde aan, jullie geven het feest toch samen?' zei Kendra achteromkijkend.

'Hoe kon ze ons nou horen?' zei Claire, zonder geluid.

'Enig idee,' riep Judi.

Massie raakte Claires arm lichtjes aan, alsof ze wilde zeggen: Laat mij dit maar even afhandelen.

'Mam, dat was een geweldig idee geweest als we dat een paar dagen eerder hadden bedacht. Maar nu heb ik al afspraken gemaakt over een kostuum met Alicia, Dylan en Kristen. O, en Claire wil heel graag een Powerpuff Girl zijn, dus volgend jaar misschien.'

'Nou, kom op zeg. Waarom gaan jullie niet als de Pártypuff Girls,' zei Judi.

Claire draaide met haar ogen. Ze stierf bijna van schaamte.

'Um, nou, dat hoeft niet, hoor,' zei Massie. 'Volgens mij is het goed zoals het is.'

'Claire, wil jij niet liever ook een Dirty Devil zijn met Massie en haar vriendinnen?' vroeg Kendra.

'Eh, misschien, maar...'

'Je bent vorig jaar al als Powerpuff Girl gegaan,' zei Judi.

'Dat weet ik, maar...'

Claire voelde de woedende blik van Massie.

'Dat is dan besloten.' Kendra trok iets onzichtbaars uit haar lange wimpers. 'Jullie gaan alle twee als Dirty Devils.'

Claire voelde haar maag zakken, alsof ze in een achtbaan zat.

'Eh, oké,' zei ze.

Todd keek naar Massie en grinnikte. Snel sloeg hij zijn hand vol zoete glazuur voor zijn mond.

'Sorry,' fluisterde Claire.

Maar Massie draaide haar hoofd weg en trok aan haar stropdasriem van Armani.

Claire ging voor haar staan en probeerde nogmaals haar excuses aan te bieden, maar Massie sloeg haar armen over elkaar en zweeg.

Claire huiverde bij de gedachte dat Massie wel eens een paar dagen eerder voor duivel kon gaan spelen.

Massie kon het nauwelijks bevatten dat ze in The Limited stond. De goedkope rommel uit die winkel was altijd een dankbare bron voor haar en haar vriendinnen om grappen over te maken. Alicia noemde hun nep-Pradatassen 'Frauda's' en Dylan vond hun petjes 'mutsen'. Maar op dat moment had Massie alles over gehad voor zo'n glimmend, stinkzweet opwekkend polyester truitje als Claire nu aan het passen was.

Massie pakte een rode netpanty van een rek bij de kassa. Bij het Dirty-Devilkostuum hoorden eigenlijk blote benen, maar ze vond het stoute van de netpanty wel aantrekkelijk. Of toch niet? Ze stopte de panty terug in het rek en besloot bij het oorspronkelijke plan te blijven. Maar misschien is een netpanty toch beter. Ze pakte de panty weer uit het rek. Maar ze concentreerde zich niet op de panty. Ze keek naar Claire, die van rek naar rek rende om te zien wat ze nog meer ging kopen.

'Claire,' zei Massie kattig. Ze propte de panty weer terug in het rek. 'Het is nogal moeilijk om na te denken over onze kostuums terwijl jij door de winkel dendert en ordi truitjes past.'

'Sorry,' zei Claire. 'Ik zie hier trouwens toch niets leuks.' Ze sloop stilletjes weg, de opwinding op haar gezicht verdwenen.

Massie liep doelloos door de winkel. Ze liet hier en daar de stoffen van de kleding door haar vingers glijden en dwong zichzelf langs de kleurige stapels topjes en vestjes te lopen. Ze stond op het punt te capituleren en het enige, enigszins leuke in de hele winkel te passen (een pluizig, marineblauw en roze sjaaltje) toen de sms kwam waar ze op wachtte.

KRISTEN:	? R U?
MASSIE:	THE LIMITED. HELP!
KRISTEN:	CHILL. WE KOMEN
MASSIE:	TOEVAL!!!
KRISTEN:	IDD

Een paar seconden later kwamen Kristen, Alicia en Dylan The Limited binnenlopen.

'*O my God*! Massie?' gilde Alicia door de winkel.

Massie smeet haar laatste winegum tussen de kleren zodra ze de meiden hoorde.

'Ja, hoor, het is Massie,' zei Dylan. 'Hé, Mass. Wat doe jij nou hier?'

Dylan zwaaide opgewonden aan de andere kant van de winkel.

'Dat is ook toevallig,' zei Kendra tegen Massie. 'Wat een verrassing.'

'Zeker weten.' Massie legde haar hand op haar hart om het echt te laten lijken en liep naar haar vriendinnen toe.

Hun armen hingen vol glimmende tasjes met in zacht papier gewikkelde spullen van Versace Jeans, Sephora en BCBG.

'Zijn jullie Becca of iemand anders tegengekomen toen jullie zonder mij aan het shoppen waren?' vroeg Massie fluisterend.

Zij schudden hun hoofden.

'Uitstekend,' zei Massie zachtjes.

'Wat doen jullie hier?' zei ze, nu luid en duidelijk.

'Heb je het over ons?' gilde Dylan. 'Nou, dit hebben we maanden geleden al gepland.'

Massie keek haar nijdig aan. 'Noem je dat acteren? Je was beter toen je op je zevende het vliegende aapje speelde in *The Wizard of Oz*.'

'Ik zei nog dat je het er niet te dik bovenop moest leggen,' zei Kristen. 'Je stond te zwaaien alsof je op het punt stond te vertrekken met de Titanic.'

Massie voelde de ogen van haar moeder in haar rug branden.

'Ga naar de paskamers, ik kom zodra ik kan,' zei Massie.

'Trouwens, leuk dat stropdasding,' zei Alicia.

'Bedankt,' zei Massie, oprecht dankbaar. Dat compliment was het enige goede van deze dag.

Ze keek hoe haar vriendinnen zich met tassen en al tussen de etalagepoppen en kledingrekken persten op weg naar de achterkant van de winkel.

'Massie,' zei Kendra afgemeten. Ze zei het op dezelfde toon als ze 'Bean' zei wanneer de hond aan de vuilnis snuffelde.

'Ja-ha.' Massie glimlachte onschuldig, maar kwam niet dichterbij.

Kendra wenkte haar.

'Ik heb de indruk dat jij en Claire niet zo goed met elkaar kunnen opschieten als laatst,' zei ze. 'Er is toch niets aan de hand?'

'Nee, hoor. Waarom?'

'Ik dacht dat vandaag voor jullie tweeën zou zijn, en nu zie ik dat jouw vriendinnen ook hier zijn.' Kendra keek even om zich heen om te zien of ze alleen waren bij de standaard met haaraccessoires. 'Ik zal het maar vertellen, liefje,' zei ze zachtjes, 'Judi maakt zich zorgen. Ze heeft het idee dat Claire haar draai nog niet heeft gevonden met vriendinnen maken, en daarom wil ze graag dat jullie goed met elkaar kunnen opschieten.'

'Er is niets aan de hand,' zei Massie. 'Maak je geen zorgen, oké?'

Ze stond op het punt om weg te lopen, maar haar moeder greep haar bij haar dunne pols.

'Dat hoop ik dan echt, want Judi en Claire zijn twee van de aardigste mensen die ik ken. Ik wil niet dat ze verdriet hebben.'

'Mam, er is echt niets...'

'Want ze zou het vreselijk vinden als jij en Claire alleen maar vriendinnen zijn om toestemming te krijgen voor het feest. In dat geval gaat het natuurlijk niet door, en ik weet hoe iedereen in je klas ernaar uitkijkt.'

'Je hoeft je helemaal nergens zorgen over te maken, echt niet.' Massie ging op haar tenen staan en gaf haar moeder een zoen op haar wang. 'Ik was net onderweg naar Claire toen jij me riep. Mag ik haar nu alsjeblieft helpen met dingen uitzoeken? Ze heeft me nodig.'

'Goed,' verzuchtte Kendra. 'Misschien wil je haar aanraden om zwart te proberen. Dat staat vast mooi bij haar stralende ogen.'

Massie stak twee duimen op naar haar moeder en liep snel weg. Maar de laatste aan wie ze dacht was Claire.

'Ik heb ongeveer twee minuten voordat mijn moeder iets in de gaten krijgt, dus ik hou het kort,' fluisterde Massie. 'Weten jullie nog die weddenschap waar ik over vertelde? Nou, ik word er gillend gek van – ik heb niets om aan te trekken.'

'Waarom zeg je niet gewoon dat je het opgeeft?' zei Alicia. 'Het is maar een weddenschap.'

'Omdat ze dan een week lang naar school moet in haar oude skipak,' zei Kristen.

'Twee weken,' zei Dylan.

'Nee, niet waar, één week,' zei Kristen.

'Jeez, hou nou eens op! Ik heb jullie hulp nodig.'

Massie stak haar hand in haar rode buideltasje van Coach en haalde haar Visa-kaart te voorschijn.

'Hier, koop een paar leuke topjes voor me. Ik wil een paarse met een lage hals, en iets in winterwit, en alle andere die ik leuk vind. Dat weten jullie wel. Als jullie dit voor mij doen, zorg ik voor onze kostuums.'

'Vergeet niet dat ik tweeënhalve kilo ben afgevallen, dus ik heb waarschijnlijk een maatje kleiner,' zei Dylan.

'Begrepen,' snauwde Massie. 'Wegwezen!'

De meisjes renden naar buiten, zo graag wilden ze hun opdracht uitvoeren. Massie slaakte een zucht van verlichting. Ze haalde haar handen door haar haar, deed een nieuw laagje lipgloss op, en schikte haar stropdasriem voordat ze de paskamerdeur van het slot haalde. Ze had haar stervende garderobe gered en voelde zich voor het eerst die dag ontspannen. Ze had wel een chai latte verdiend in de Espresso Bar.

Voor de paskamer stond een hele menigte ongeduldige shoppers met armen vol kleren te wachten tot ze zou vertrekken. Maar de roes van de overwinning was te sterk om verstoord te kunnen worden door klanten van The Limited – de kans dat ze die ooit nog zou zien was trouwens uiterst gering.

Ze verliet de paskamer met haar kin omhoog, zonder iemand aan te kijken.

'Ik heb jullie wel gehoord, hoor.'

Massie herkende de stem, maar liep door.

'Ik weet wat je aan het doen bent.'

Niet omkijken. Linkervoet, rechtervoet. Linkervoet, rechtervoet. Doorlopen. Je bent er bijna!

'Massie, sta stil!' zei Claire. Ze stond vooraan in de rij met een paarsblauw truitje en een paar andere dingen uit het uitverkooprek in haar armen.

'Wat heb je gehoord?'

'Ik wil geen ruzie.' Claires stem was geduldig en vriendelijk. 'Ik weet hoe moeilijk dit voor je is geweest, dus je krijgt nog een kans. Je belt je vriendinnen op en zegt dat je je hebt bedacht, of je kunt al die nieuwe topjes onder je oude skipak dragen.'

Claire had een duivelse grijns op haar gezicht. Massie kreeg er kippenvel van. Ze pakte haar mobieltje uit haar tas en klapte het open.

'Zul je altijd zien,' zei ze, en ze klapte het weer dicht. 'Batterij is op.'

'Hier,' zei een meisje met dreadlocks die toevallig achter Claire in de rij stond. Ze bood haar rood-groen-gele Nokia aan. 'Jij bent toch Massie Block? Jij zit toch ook op OCD?'

Massie maakte een afwerend gebaar naar het telefoontje en ademde per ongeluk een mondvol patchoeli in.

'Ja,' zei ze. 'Wie ben jij?'

'Brianna Grossman.'

'Ben je nieuw?' vroeg Massie.

'Nee, we zitten al twee jaar bij elkaar in de klas,' zei Brianna met een verbaasde blik. 'Je hebt me uitgenodigd voor jouw Halloweenfeest.'

Maar Massie reageerde niet. Ze gebruikte haar duim om haar mobieltje te openen, en haar middelvinger om te zeggen wat ze van Claire vond.

Massie kwam net uit de douche en het water droop nog van haar af toen de telefoon ging.

Op haar schermpje stond 'onbekend'.

'Hallo? O... eh... hoi, Jocelyn... ja... Waarom bel je mij eigenlijk?'

Massie wreef de stoom van de spiegel, zodat ze zichzelf kon zien telefoneren. Ze zag er geïrriteerd uit. 'Het is de bedoeling dat je Ke-lèèr belt, niet míj.'

Jocelyn stotterde toen ze haastig uitlegde dat Massies naam op de uitnodiging bij RSVP stond, en niet die van Claire. Maar Massie luisterde al niet meer. Ze verving de vochtige handdoek waarin ze zich had gewikkeld door een schone zachte van de handdoekenradiator. Ze was klaar in de badkamer en met Jocelyn.

'Hoor je dat gebrom?' vroeg Massie.

'Nee.'

'Er is iets niet goed met mijn telefoon,' zei Massie. 'Ik hoor je...'

Massie hing op en gooide het mobieltje op haar bed.

'Waarom belde ze míj nou?' vroeg Massie aan Bean, terwijl ze haar haren droogde met een handdoek.

Toen ze haar hoofd omhoog gooide, ontdekte ze de vijf Dirty-Devilkostuums op haar paarse donsdek. Waarschijnlijk had Inez ze gisteravond laat nog afgemaakt, en net op haar bed gelegd terwijl zij onder de douche stond. Rode geplooide mini's (ooit truttige, knielange rokjes), met pijlvormige staarten die aan de achterkant waren vastgezet, waren gedrapeerd over het voeten-einde. Daarboven lagen vijf grijze shorts met *Kiss It* in zilverglit-ter op de billen. Heel strakke, zwarte topjes van Petit Bateau, met scheurtjes en winkelhaakjes op strategische plaatsen, lagen in waaiervorm daarboven. Massie controleerde van alle topjes de plek boven de linkerborst, waar normaal gesproken het logo van de ontwerper te vinden was, om te zien of haar instructies goed waren uitgevoerd. Dat waren ze. Rode borduursels maak-ten de kostuums persoonlijk – *Massie Devil*, *Kristen Devil*, *Alicia Devil*, *Dylan Devil* en *Claire Devil*. Massie kon nauwelijks naar die laatste naam kijken. Die hoorde daar gewoon niet. Naast het bedje van Bean lag een klein zwart truitje met *Bean Devil*, maar Massie was zo van streek dat ze niet kon lachen.

'Bean, jij bent de vijfde, niet zíj,' zei ze.

Bean knipperde met haar ogen.

Massie hoorde de bekende toeter en wist dat Isaac, haar chauffeur, klaarstond om haar naar school te brengen. Nog steeds gewikkeld in een handdoek, zocht ze iets spannends om aan te trekken.

In de afgelopen week had ze stropdassen als riemen gebruikt, oorbellen op haar jasjes gespeld, jurken over spijkerbroeken gedragen. Ze had zelfs een keer aan de ene voet een zwarte laars en aan de andere een bruine laars gedragen. Maar nu, op vrijdag, waren de ideeën op.

De modezwakke typetjes keken naar haar om ideeën op te doen voor outfits in het weekend, en zij verdienden iets geweldigs. Want als ze dat niet kregen, zouden ze een andere stijlmuze zoeken. En dat kon Massie niet laten gebeuren.

De toeter klonk voor de laatste maal en Massie overwoog te doen alsof ze ziek was. Ze moest snel iets bedenken. Ze pakte haar Halloweenkostuum en trok het aan. Het zat als gegoten en stond haar enorm goed. Het was nogal uitdagend, maar hé, het was tenslotte Halloween.

Massie greep de kostuums van Alicia, Kristen en Dylan en stormde de deur uit. In de haast vergat ze per ongeluk het kostuum van Claire.

Tenminste, dat is wat ze tegen haar moeder zou zeggen.

Ze hadden altijd bekijks als ze door de gangen van de OCD liepen, maar op het moment dat de vier als Dirty Devils voorbijkwamen, bleven hun medeleerlingen met open monden staan.

Ze zagen er prachtig en zelfverzekerd uit in dezelfde kostuums. Net elegante, vrouwelijke robots op veroveringstocht. Iedereen die ze tegenkwamen zei hoe geweldig die gewaagde outfits waren, en hoe ze uitkeken naar het feest.

'Dit is een enorme vergissing,' mompelde Kristen.

'Waarom?' vroeg Massie. Ze keek Kristen niet aan terwijl ze sprak, want dat zou haar lege catwalkmodel-blik verpesten. En die deed het net zo goed. Het was heerlijk om iets nieuws aan te hebben. Ze wilde dat gevoel niet kwijtraken door Kristens onzekerheid.

'Bloot is verboden op OCD, en wij laten zeker op vijf plaatsen te veel zien,' zei Kristen. 'Volgens het boekje moeten we bedekt zijn van boven de borsten tot tweeënhalve centimeter boven de knie, en...'

'Ja, hállo,' riep Alicia. 'Het is Halloween, hoor. Het interesseert echt niemand.'

'En zo ja, wat dan nog?' voegde Dylan toe. 'De laatste keer dat ik echt schaars gekleed kon gaan, was mijn outfitje ontworpen door Pampers.'

Na de eerste pauze waren er minstens vier wannabe-Dirty Devils, en tijdens de lunch waren er al acht gesignaleerd.

'Daar heb je er nog een,' zei Alicia en ze wees naar Jaedra Russell.

67

Ze stond verderop in de rij in het Café, met een superkorte spijkermini en een zwart V-halstruitje dat aan de onderkant gaten vertoonde.

'We hebben in één dag meer trends gezet dan Marc Jacobs in een heel jaar,' zei Kristen.

Ze schoven hun dienbladen een stukje verder naar de kassa.

'Zijn jullie ook zo blij om een van ons te zijn?' zei Massie tegen haar vriendinnen en ze nam haar mobieltje op.

'Daar spreek je mee,' zei ze met draaiende ogen. 'Het is Aúdrey,' zeiden haar lippen.

'Je komt vanavond naar het feest...? Nou, dat zou ik ook heel leuk vinden als ik jou was... heel erg leuk, want je bent nooit eerder uitgenodigd voor een feest van mij.' Massie schoof haar hand over het telefoontje, zodat ze mee kon doen met haar vriendinnen, die dubbellagen van het lachen. 'Hoe kom je eigenlijk aan mijn nummer...? Echt waar? Weet je zeker dat er geen Claire stond? Lezen is nooit jouw sterkste punt geweest...'

Dylan graaide het telefoontje van Massies oor en klapte het dicht. De meisjes kwamen nu helemaal niet meer bij. Audrey belde nogmaals, maar Massie schakelde haar toestel uit en liet het in haar grote Prada-tas glijden.

'Dat was al de vijfde HL die me deze week belde,' zei Massie. 'En helaas komen ze allemaal.'

'Komt Derrington ook?' vroeg Dylan, terwijl ze het iets te wijde rokje over haar heupen trok.

'Yep, en al die leuke vrienden van hem komen ook,' zei Massie.

De meisjes waadden met dienbladen in hun handen door de zee van tafeltjes. Ze stopten om de haverklap om even te kletsen met hun bewonderende fans over het spannende boy-girlfeest dat slechts een paar uur in het verschiet lag.

'Massie, is het waar dat Landon Dorsey jouw feest doet?' vroeg Mandy Ross.

'Helemaal waar,' zei Massie. 'Ze heeft gezegd dat dit een van haar beste feesten gaat worden.'

'Is er ook suikervrije snoep?' vroeg Suze Gayner.

'Als Dylans Candy's op tijd zijn, dan wel,' antwoordde Massie.

'Gaan jullie vanavond ook als Dirty Devils, of hebben jullie andere plannen?' vroeg Vanessa Covers.

'Wacht maar af,' zei Kristen, en ze wiebelde met haar glitterbillen.

'Mag ik een dancemix meenemen die ik gisteravond heb gebrand?' vroeg Ava Waters.

'Vanzelf.'

'Is het waar dat Becca Wilder als eerste een boy-girlfeest had bedacht?' vroeg Parker Lemons.

'Wat denk je?' Massie keek Parker recht aan. Het meisje giechelde zenuwachtig.

'We hadden een persconferentie moeten beleggen,' zei Massie en ze ging zitten.

'Dat Allyson vroeg of jouw huis goeie plekken had om te zoenen,' zei Dylan. 'Niet te geloven.'

'Zeg dat wel,' zei Kristen. 'Ik hoop dat er vanavond uitsluitend Labello op haar lippen komt. Heb je al die kloven gezien?'

'Heb je nog meer telefoontjes gehad van je nieuwe Beste Vriendinnen, ofwel de HL's?' vroeg Alicia aan Massie.

'Bij wiskunde vertelde Jocelyn aan iedereen dat ze jou vanochtend voor het eerste uur had gesproken,' zei Kristen.

'Ga weg!'

'Ik zweer het je. En twee seconden later zeiden Liz en Hope dat zíj jou gisteravond hadden gesproken,' zei Dylan. 'Volgens mij zei Hope dat jullie uren hadden gekletst.'

'NO WAY!'

'Dat heb ik ook gehoord,' zei Kristen.

'*O my God*, dat kan nooit goed zijn voor je reputatie.' Alicia draaide de dop van haar fles Perrier open en het water spoot eruit. Haar sushirolletjes waren doorweekt.

'Geweldig, je wordt bedankt,' zei Alicia tegen iemand die ze niet kende aan de tafel achter haar.

'Wat kan ik daar nou aan doen?' zei het meisje.

Alicia reageerde niet.

'Je hebt toch wel tegen iedereen gezegd dat Hope zat te liegen?' vroeg Massie aan Dylan.

'Ik stond op het punt, maar toen kwam de leraar binnen.'

Massie werd draaierig. Het geluid van al die stemmen in het Café leek plotseling veel te hard voor haar oren, en de geur van vegaburgers op de grill maakte haar kotsmisselijk.

Ze haalde diep adem en ademde heel langzaam uit. Ze wachtte tot de paniek was weggetrokken, voor ze iets zei.

'Als Hope en de andere HL's zeggen dat ik met ze heb zitten praten aan de telefoon, kunnen mensen gaan denken dat ik ze aardig vind. Dan heb ik het gehad.'

'Dat is inderdaad heel erg,' zei Kristen. 'Hoe komen ze aan je nummer?'

Massie had wel een idee, maar werd onderbroken voor ze kon antwoorden.

'Kan ik je even spreken?' vroeg Claire. Ze had een vaal T-shirt van Good Charlotte aan en een te wijd rokje van aan elkaar genaaide lapjes spijkerstof. Ze had duidelijk kleren van Layne geleend.

'Ga je gang,' zei Massie.

'Onder vier ogen,' zei Claire.

'Ze vertelt ons toch alles wat jij zegt, dus je kunt net zo goed hier met haar praten,' zei Dylan.

'Ook goed.' Claire duwde haar pony opzij en probeerde de lokken achter haar oor te proppen, maar het haar was nog net niet lang genoeg. 'Ik dacht dat we vanavond dezelfde kostuums zouden dragen.'

'Dat doen we ook.' Massie klonk vlak en ongeduldig.

'Ja, hoor. Ik kan dat van mij niet meer aan, want nu denken alle jongens dat ik jullie na-aap,' legde Claire uit.

'Geloof me, geen enkele jongen zal vanavond aan jou of aan je kostuum denken,' zei Massie. 'Trouwens, hoe kunnen die nou weten wat we vandaag aanhadden op school?'

'Omdat iedereen op Briarwood al heeft gehoord van jullie sexy kostuums,' zei Claire. 'Ze praten er al de hele dag over.'

'Echt waar?' Massies gezicht klaarde op. Ze vergat de Hopeloze Losers zelfs even.

'Waarom heb je niet gezegd dat jullie de kostuums vandaag al zouden aantrekken?' vroeg Claire. Haar stem beefde. 'Dan had ik dat ook kunnen doen.'

Massie stond op en zette haar handen in haar zij. 'Normaal gesproken zou ik een excuus verzinnen, zodat ik het niet in je gezicht hoefde te zeggen dat ik helemaal nooit heb gewild dat jij meedeed met onze kostuums. Maar omdat jij hebt besloten om het nummer van mijn mobiel te vermelden op de uitnodigingen van alle losers in New York en omstreken, doe ik geen moeite,' zei Massie. 'Het kan me geen bal meer schelen wat onze moeders zeggen. Het feest gaat nu toch gewoon door. Ga jij maar als Elmo, of wie het ook was, en laat mij met rust.'

Claire deed haar mond open, en even leek het alsof ze iets heel belangrijks ging zeggen, maar voor er iets uitkwam, verdween ze. Massie zag Layne opstaan van het tafeltje in de buurt van de wc's en achter haar aan rennen. Massie hoopte stiekem dat Claire niet zou klikken, maar ze was te kwaad om haar tegen te houden.

'Op de Dirty Devils,' zei ze en ze hief haar glas limoenwater.

'Op de Dirty Devils,' proostten de anderen.

```
┌─────────────────────────────────────────┐
│                                           │
│   OCTAVIAN COUNTRY DAY SCHOOL             │
│   KANTOOR VAN ZUSTER ADÈLE                │
│            13.42 uur                       │
│            31 oktober                      │
│                                           │
└─────────────────────────────────────────┘
```

Claire kwam het kantoor van zuster Adèle binnenvallen. Daar ging ze heen als ze op school haar verhaal aan iemand kwijt moest.

'Claire, zit er soms iemand achter je aan?' vroeg Adèle.

Claire wilde lachen, maar ze was te angstig.

'Weet u nog dat u zei dat ik me niet klein moest laten krijgen door Massie?' zei Claire. 'Nou, dat heb ik geprobeerd.'

'En?' vroeg Adèle.

'Eh, laten we het erop houden dat zij groter was,' zei Claire.

'Wat is er gebeurd?' vroeg Adèle.

'Niets. Alleen een misverstand over een kostuum. Ik kwam eigenlijk alleen langs om hallo te zeggen en u een happy Halloween te wensen.'

Claire wist dat zij begonnen was door Massies telefoonnummer aan de HL's te geven, maar dat durfde ze niet te bekennen aan Adèle. Ze pakte een handje zoete popcorn uit de glazen schaal op Adèles bureau en stopte het in haar mond. De smaak deed haar denken aan haar vriendinnen in Orlando, en ze vroeg zich af wat zij dit jaar zouden aantrekken.

'Ik dacht wel dat je hier zou zijn,' zei Layne terwijl ze het kantoor binnenliep. 'Is alles oké? Toen ik je het Café uit zag stormen, wist ik dat het niet helemaal koek en ei was tussen jou en Massie. Heb je Adèle gevraagd of je bij de gevonden voorwerpen mocht kijken? Je weet wel, dan kun je vanavond als "Gevonden Voorwerp" gaan, of zo.'

'Heb je nog geen kostuum, Claire?' vroeg Adèle. 'Want je mag best iets…'

'Nee, hoor, het is oké.' Claire wilde niet de indruk wekken dat ze alleen voor kleren bij Adèle langskwam. 'Ik heb het kostuum van de Powerpuff Girls nog van vorig jaar. Dan ben ik gewoon nóg een keertje Blossom.'

Claire vond het vreselijk zoals Layne haar aankeek: hoofd scheef, grote ogen, en een wil-je-erover-praten-uitdrukking op haar gezicht. Claire wist dat haar vriendin alleen maar wilde helpen, maar ze moest haar zelfvertrouwen weer terugkrijgen. En een potje janken zou daarbij niet helpen. Wat ze nodig had, was een paar minuten alleen in haar kamer, een spiegel en een paar niemand-krijgt-mij-eronder-liedjes en ze zou weer helemaal de oude zijn. Nu moest Layne alleen nog ophouden om haar zo aan te staren…

De volgende die kwam binnenvallen, was Amber Ryan. Ze liep krom en hield haar zij vast, alsof ze zojuist van het front was komen kruipen.

'Zuster!' riep ze. 'Bel het alarmnummer.'

'Waarom? Waar is het lijk?'

Claire sloeg haar hand voor haar mond om niet in lachen uit te barsten.

'Amber, mag ik eerst even kijken?' vroeg Adèle.

Amber knikte en veegde toen haar tranen weg met haar hand. Ze tilde langzaam de zijkant van haar trui op, waarop de zuster zich schrap zette voor iets vreselijks.

Claire en Layne bogen naar voren om naar de wond te kijken, precies op het moment dat Adèle ook naar voren boog. Hun hoofden sloegen tegen elkaar. Claire schoot in de lach, waardoor Amber weer in huilen uitbarstte.

'Sssst, het is niet erg,' zei Adèle. 'Het is maar een schrammetje. Een beetje jodium, en het komt prima in orde.'

Het gesnik van Amber bedaarde – eerst nog een paar tranen en daarna alleen wat snifjes.

'Wat is er gebeurd?' vroeg Adèle.

'Ik probeerde mijn truitje te verknippen en toen gleed ik uit, met de schaar in mijn hand,' zei Amber, alsof dat net zo gewoon was als je boeken laten vallen onderweg naar de klas. Waarschijnlijk zag ze de verbaasde blik van zuster Adèle, want ze legde het ongevraagd uit.

'Massie en haar vriendinnen zijn vandaag naar school gekomen in waanzinnige, superkleine topjes met scheuren en gaten, en nu is iedereen bezig dat na te doen,' zei Amber. 'Ik schaam me kapot.'

'Omdat je die meiden nadoet?' zei Layne. 'Nou, terecht.'

'Néé, omdat ik in m'n vel heb geknipt,' zei Amber. 'Shari, Mel, Trina en Shannyn hebben zonder enig probleem gaten gemaakt in hun shirts.'

Zuster Adèle fronste haar wenkbrauwen.

'Bedoel je dat andere meisjes dit ook doen?'

'Iedereen,' zei Amber. 'Als u wist hoe te gek het eruitziet, zou u het ook doen.'

Claire zag aan Adèles opengesperde neusgaten dat ze woedend was. Amber kreeg niet eens iets lekkers uit de Voel Je Beter Kast toen ze klaar was. In plaats daarvan stormde Adèle het kantoor uit.

'Waar gaat u naartoe?' riep Claire haar na.

'Naar directrice Burns,' riep Adèle. Ze marcheerde de gang over, op weg naar het directiekantoor. 'Dit is een school. Géén catwalk.'

'Er staat Massie echt een griezelige Halloween te wachten,' zei Layne lachend.

'Dit wordt een geweldige vakantie.' Claire pakte nog een handvol popcorn en ging toen naar haar volgende les.

'Ik zei toch dat we in de problemen zouden komen,' fluisterde Kristen tegen haar vriendinnen. Ze wiegde op en neer met haar handen op haar buik, alsof ze voedselvergiftiging had. 'Ik mag natuurlijk nooit meer de deur uit van mijn moeder. Dan krijg ik natuurlijk privé-les thuis.'

Ze zaten allemaal op De Bank, een antieke kerkbank die tegen de muur voor het kantoor van de directrice stond. Ze hoorden de afgemeten toon in haar stem waarmee Burns hun ouders belde, één voor één, om te vertellen over het 'incident'.

'Dit is zó dom,' zei Massie. 'Mijn ouders zamelen zo veel geld in voor de school, en dan worden we zo behandeld? Als-je-blieft, zeg.'

'Maak je geen zorgen.' Dylan haakte haar pink in een rode krul en duwde hem uit haar gezicht. 'Ik zorg wel dat mijn moeder een hele aflevering van *The Daily Grind* besteedt aan dit onrecht.' Als Dylan het ergens niet mee eens was, dreigde ze met onthullingen in het populaire ontbijtprogramma van haar beroemde moeder. 'Ze kan er niet tegen als mensen hun overtuiging proberen op te dringen, zeker niet als het om de kunsten gaat.'

'Genoeg gepraat, meisjes. Dit is een kantoor, geen verjaardagspartijtje.' De knorrige secretaresse griste haar hoornen bril van haar hoofd en liet hem rond haar middelvinger draaien. Nadat ze de meisjes dreigend had aangekeken, zette ze de bril weer op en concentreerde zich op haar computer.

'Ze denkt dat ze in het Wilde Westchester is,' fluisterde Massie. De meisjes giechelden.

'Nog één geluid en ik zet de airco voluit,' zei de secretaresse. 'Dan zijn die halfnaakte lijfjes van jullie binnen tien seconden stijf bevroren.'

Massie klapte langzaam haar telefoon open, en de anderen volgden haar voorbeeld. Behalve Kristen. Zij was bezig lange blonde strengen om haar trillende vingers te wikkelen.

MASSIE: KIJK NAAR DE DEUR
DYLAN: EN?
MASSIE: HET BORDJE. LEES
ALICIA: P. BURNS. DUS?
MASSIE: DUS: PEE BURNS = PLAS BRANDT

De drie meisjes schoten in de lach, en daardoor liep Kristen rood aan van kwaadheid. 'Als ze jullie hoort lachen, wordt ze nog bozer,' zei ze, en ze wees naar het kantoor van de directrice.

'Wat kan ze nou doen?' vroeg Massie. 'Ons aankleden tot de dood erop volgt?'

'Precies, juffrouw Block,' zei directrice Burns.

Massies mond viel open toen ze de lange, broodmagere, grijze vrouw boven zich zag. Het gerucht ging dat directrice Burns sinaasappelschillen uit de afvalbak haalde en ze opat, omdat ze vol antioxidanten zitten. Massie probeerde zich haar gravend door het afval voor te stellen, om te voorkomen dat ze bang werd. Het hielp niet.

'Jullie ouders zijn op de hoogte gebracht en zij zullen dit naar eigen inzicht met jullie afhandelen,' zei ze. 'Maar zolang jullie in míjn school zijn, gaan jullie gekleed als jonge vrouwen, níet als showgirls uit Las Vegas.'

Ze hield haar horloge vlak voor haar ogen en keek hoe laat het was. 'Jullie gaan onmiddellijk naar het kantoor van zuster Adèle, en jullie kleden je aan met de kleding uit de gevonden voorwerpen. Als ik ook maar een blote vingernagel zie, laat ik jullie arresteren wegens naaktloperij. Wegwezen!'

De meisjes vertrokken zonder iets te zeggen en deden wat hun was opgedragen. Helaas had Claire alles wat enigszins acceptabel was in de afgelopen weken meegenomen, dus er viel weinig te kiezen. Nadat ze de afgekeurde spullen van het vorige seizoen hadden doorzocht, kwamen Massie, Kristen, Dylan en Alicia precies op tijd te voorschijn voor de volgende les. Ze hadden nog steeds veel bekijks terwijl ze door de gangen liepen. Maar deze keer konden ze wel door de grond zakken.

Massie had een groot, knalrood T-shirt aan met een chocoladevlek precies boven haar rechterborst. De vlek paste helaas precies bij de mosterdkleurige ribbroek in maat XXL die ze omhoog moest houden terwijl ze liep.

Alicia had een spijkerrok gevonden die tot op de grond hing, en had daarboven een denimtopje van Gap aangetrokken. Alicia noemde haar outfit rodeo-chic, maar Massie zei simpelweg: 'Rodee-oh-no!'

Dylan moest zich in een Sevens persen. De knopen konden niet dicht, want hij was veel te klein. De open gulp ging schuil onder een lang tie-dye shirt.

Kristen was de enige die iets behoorlijks droeg – ze had gewoon de kleren aangetrokken waarin ze het huis had verlaten en die ze 's ochtends in haar kluisje had gepropt.

'Heb ik eindelijk eens voordeel van mijn strenge ouders,' zei ze tegen zichzelf, terwijl ze het kriebelige tweedjasje dichtknoopte dat haar moeder voor haar had gekocht bij Macy's.

Op weg naar de les kwamen ze twee meisjes tegen in gescheurde shirts en mini's.

'Die shirts met gaten zijn zóóó uit,' siste Massie in het voorbijgaan.

'Nu al?' vroeg een van de meisjes.

'Je moet wel blijven opletten.' Massie wist dat zij haar outfit goed in zich probeerden op te nemen om er zeker van te zijn wat de laatste trend was.

Ze kon bijna niet tot maandag wachten. Dan zou de helft van de leerlingen eruitzien als Winnie de Poe.

Claire keek vanuit haar slaapkamerraam hoe Landon Dorsey en haar team van trouwe knechten heen en weer renden in de achtertuin om er zeker van te zijn dat elk lijk op zijn plaats lag. In het huis was de zoete geur van haar moeders karamelappels overal aanwezig, maar zelfs dát kon haar niet kalmeren. Het feest begon al over een uurtje en Claire liep nog steeds rond in haar schoolkleren. De gedachte dat haar broertje en Nathan, zijn onwaarschijnlijk kleine vriendje, achter gesloten deuren de laatste dingetjes van hun kostuums in orde brachten, maakte haar helemaal gestrest.

Claire liep naar haar kast en trok er een doos uit waarop 'Vakantiekleren' stond. Ze vouwde de kartonnen flappen terug en stopte haar hand naar binnen, op zoek naar het Powerpuff Girls-kostuum van vorig jaar.

Hoe moet ik nu aan mijn moeder uitleggen waarom ik niet hetzelfde aanheb als mijn charmante medegastvrouw?

Haar vingers voelden zacht satijn-polyester en ze slaakte een zucht van verlichting.

Gevonden!

'Claire, mogen we binnenkomen?' riep Todd door haar slaapkamerdeur heen. 'We willen iets laten zien.'

'Kan het strakjes? Ik sta op het punt om me te verkleden,' riep Claire terug.

'Nee.' Todd kwam haar kamer binnen.

'Wat doe je nóu?' zei Claire.

Hij was verkleed als Bubbles en Nathan als Buttercup, de twee andere Powerpuff Girls. Nathan droeg een heel kort mintkleurig jurkje met een brede, zwarte sjerp om zijn middel en een korte, zwarte pruik. Todds kostuum was hetzelfde, maar dan blauw. Claire vroeg zich af hoe hij twee perfecte staartjes in die blonde pruik had weten te krijgen, maar was te verbijsterd om het te vragen. De jongens droegen zonnebrillen met grote kartonnen ogen erop geplakt.

'Het leek me dat jij je als Blossom een gigantische loser zou voelen zonder de andere Puffs,' zei Todd. 'Dus hebben we besloten om je te helpen.'

'Tegen mij zei je iets heel anders,' zei Nathan tegen Todd. 'Je zei dat niemand ons zou herkennen in deze kostuums, zodat we Massie en haar vriendinnen kunnen pesten.'

'Waar héb je het over, Nathan?' Todd deed zijn uiterste best om verbaasd te klinken.

'Hoe dan ook, mam wil dat we over tien minuten beneden zijn voor de foto's. Dus schiet een beetje op, Blossom.' Todd spoorde haar aan met twee duimen omhoog. 'En, je weet het, hè? Met Powerpuffs komt alles weer goed!'

Claire gooide een roze, pluizige pantoffel naar hem, maar raakte in plaats daarvan een zwart-witfoto van Massies grootmoeder. Hij viel op de grond, maar brak niet.

'Weg jullie!'

Todd en Nathan renden schreeuwend en lachend naar buiten. Ze sloegen de deur met een daverende klap achter zich dicht.

Claire hoorde het gedempte geluid van 'Monster Mash' uit het hokje van de dj, en kreeg meteen de feestbibbers. Ze had het gevoel dat ze moest plassen.

'Claire,' riep Judi vanuit de keuken.

Claire antwoordde niet. Ze was in uiterste concentratie bezig haar roze jurk dicht te ritsen en haar rode pruik goed op te zetten.

'Claire,' gilde Judi weer.

'Já?'

Claire was doodmoe van al die onderbrekingen. Het enige wat ze wilde was vijf minuten om zich te verkleden en zichzelf een peptalk te geven voor de spiegel, voordat het feest begon. Ze moest iets aan haar zelfvertrouwen doen als ze op zoek ging naar een vriendje.

'Kom nou,' zei Judi. 'Dit is het fotomoment. Het feest begint bijna.'

'Kom eráán.'

'O, wat schattig!' zei Judi toen ze Claire zag.

'Je hebt gekozen voor hetzelfde kostuum als je broertje en Nathan,' zei haar vader.

'Wát?' Claire wierp haar broertje een blik toe. 'Het was míjn...'

Maar ze ging niet verder, want ze herinnerde zich plotseling dat haar moeder verwachtte dat zij een Dirty Devil zou zijn.

Claire wist even niet wat ze moest zeggen. Als ze haar moeder zou vertellen wat er op school was gebeurd, dan zou Massie in de problemen komen. En van de gedachte aan Massies wraak kromp Claires maag van angst. Ze zou jacht maken op Claire als op een Motorola limited edition en haar vernietigen als Ugglaarzen van vorig jaar. Claire had plotseling geen trek meer in Halloween-snoep.

'Jaha.' Todd onderbrak haar. Hij sperde zijn ogen iets open, zodat alleen Claire het kon zien. Meestal betekende dit dat ze haar mond moest houden en hem moest volgen, maar ze had geen idee waar hij naartoe wilde.

'Mam, ik weet dat jij wilde dat ze hetzelfde kostuum als Massie zou aantrekken, maar Nate en ik hadden echt een derde nodig, dus we hebben haar gesmeekt, en toen zei ze ja. Je bent toch niet boos?'

Claire haalde haar schouders op en gaf haar moeder een daar-kun-je-toch-niet-tegenop?-blik.

'Hoe zou ik daar nou boos over kunnen worden?' zei Judi liefdevol. 'Ik vind het heel erg aardig.'

'Oké,' zei Jay en hij haalde de lensdop van zijn camera. 'Fotomoment.'

Jay begon te klikken en Judi regisseerde de kinderen. Ze stelde verschillende poses voor, zodat de foto's afwisselend zouden worden.

'Hoe wist je dat ik me net zoals Massie zou kleden?' vroeg Claire aan Todd door haar fakeglimlach heen.

'Ik heb toevallig gehoord dat jij daarover belde met Layne,' zei Todd tussen zijn tanden.

'Waarom heb je voor me gelogen?' fluisterde Claire.

'Soms wil ik mijn krachten voor het goede doel gebruiken. En je kunt me terugbetalen door dit weekend mijn wiskundehuiswerk te doen,' zei hij.

'Prima.' zei Claire.

Ze had niet veel keus, tenzij ze aan haar ouders wilde bekennen dat hun droom – Massie en zij vriendinnen – altijd een droom zou blijven.

Massie stond voor haar passpiegel en probeerde de duivelshoorntjes op haar hoofd te schuiven zonder haar perfecte scheiding te verpesten. Het zou makkelijker geweest zijn als ze niet tegelijkertijd aan het bellen was, maar ze was laat.

'Kristen, probeer even op te houden met huilen,' zei Massie. 'Ik kan niet verstaan wat je zegt.'

'Ik mag (snik) van mijn moeder (snotter) niet naar het (oeoeoe) feest.' Kristen snikte nog wat na.

'Zeg dan gewoon dat er alleen meisjes komen.'

'Daar gaat het niet om.' Kristen snoot haar neus in de telefoon. 'Het gaat om het telefoontje van Burns over onze outfits. Ik wist dat we die nooit...'

'Niet om het een of ander, hoor, maar jouw moeder is veel te streng.' Massie trok de duivelsstaart aan de achterkant van haar rokje recht. 'Toen ik thuiskwam, gaf mijn vader mij een speech van twee seconden over gehoorzamen aan de regels van de school, en ging meteen weer door met het downloaden van een luisterboek van het internet.'

'Jij hebt echt geluk met je coole ouders,' zei Kristen.

'Kun je niet gewoon stiekem weggaan?' vroeg Massie.

'No way! Ik heb al problemen genoeg.'

'Het zou wel een totale ramp zijn als Dylan Derrington inpikt.' Kristen begon nog harder te huilen.

Zodra ze het zei, wist Massie dat die opmerking over Derrington wel het laatste was wat haar vriendin wilde horen, maar ze was van streek door de gedachte dat Kristen het feest zou missen. Massie wilde dolgraag dat Kristen het voor deze ene keer niet zou pikken van haar ouders.

'Geintje,' zei Massie. 'Ik weet zeker dat ze niet eens met hem durft te praten.'

'Ja hoor.' Kristen sniffelde. 'Sinds ze is afgevallen, flirt ze als een gek.'

'Maak je nou maar geen zorgen. Ik bel je, oké?' Massie wist dat ze haar vriendin wat meer had moeten troosten, maar ze had nog maar vijf minuten om Bean in haar Dirty Devil-outfit te krijgen, en haar make-up leek nog nergens op.

Na een kwartier optutten was Massie eindelijk zover. Om zeven uur stond ze bij het hek van de zij-ingang, klaar om haar gasten te ontvangen. Het was een warme avond, zeker voor oktober. En daardoor voelde de tuin net zo betoverend als hij eruitzag.

'Over vijftig jaar praat iedereen hier nóg over,' zei Landon, terwijl ze voorbijschoot met een bekertje koffie en een doos vol kaarsen in de vorm van schedels.

Massie was bang dat haar hart uit elkaar zou klappen, zo trots was ze.

Boven de ingang hing een enorm spandoek met: KERMIS IN DE HEL. De rode verf van de letters leek op druipend bloed. Obers in rode balletpakjes, verkleed als knechtjes van Satan, deelden oranje-zwarte draagtasjes uit, zodat de gasten iets leuks hadden om hun snoep in te bewaren. Naast het zwembad was een grote ijsbaan gemaakt met ingevroren, verminkte hoofden. Er stonden twee monsters in een van de tuinhuisjes, dat was omgetoverd tot een kraampje waar je schaatsen kon lenen. En in de grote eik hingen etalagepoppen te bungelen boven het roodgekleurde zwembadwater.

De oranje gloed die over het hele gazon scheen, was afkomstig van drie enorme, knetterende en brullende vuren. Rondom deze Vage Vuren lagen rode dekens, zodat de gasten op de grond konden zitten en marshmallows roosteren aan de lange houten vorken die klaarlagen.

De dj was al begonnen met de muziek, Jules de karikatuurtekenaar was bezig om zijn ezel op te zetten en de machine met droog ijs blies een onheilspellende mist net boven het gras. Alles stond op zijn plaats, behalve één klein detail.

Massie schreef DEFECT op een stuk papier en hing dat op de deur van een van de wc's bij het zwembad. Een gastvrouw had immers een rustige plek nodig waar zij haar vriendinnen kon ontmoeten.

De eerste gasten begonnen binnen te druppelen. Iedereen was sprakeloos, precies zoals Massie had gehoopt.

'Massie, ik ben in de zevende hel!' zei Sadie Meltzer, in een poging geestig te zijn. Zij en haar andere vriendinnen van de B-lijst waren verkleed als prinsessen. Sadie was altijd op zoek naar een aanleiding om haar billange haar uit de paardenstaart te bevrijden. Haar moeder stond dat alleen bij speciale gelegenheden toe. 'Dit is de coolste party waar ik ooit ben geweest. Jij en Claire zijn geweldig.'

'Nou, Claire heeft er niets mee te maken gehad, hoor,' zei Massie. 'Tenminste, als je het schrijven van de uitnodigingen niet meerekent.'

Sadie zei iets terug, maar dat kon Massie nauwelijks verstaan. De enige die doorkwam, was Cam Fisher. Hij kwam op haar aflopen met Derrington en een onbekend persoon in een gorillakostuum.

Het beste van Cam waren zijn ogen, vond Massie. Het ene was groen en het andere blauw. Alicia beschreef zijn look als 'psychotisch stoer', maar Massie gaf de voorkeur aan 'intens'. Hoe verleidelijk het ook was om erover te praten, ze had besloten om haar mond te houden tot ze helemaal, tweehonderd procent, zeker was dat hij haar ook leuk vond. Ze had veel geleerd van de vernederende vergissing die ze had begaan bij Chris Abeley.

Massie had hem wekenlang gestalkt bij Galwaugh Farms om samen met hem te kunnen paardrijden. Ze zette haar vriendinnen aan de dijk om met hem te zijn, en ze deed zelfs alsof ze de Beste Vriendin was van zijn zus, Layne. En al die tijd had Massie geen idee dat Chris haar alleen leuk vond als een gewone vriendin. Hij had namelijk verkering met een afschuwelijk mooie ouderejaars, genaamd Fawn.

'Kijk niet zo gemeen.' Cam trok een lelijk gezicht terwijl hij Massie gedag zei. Ze zocht koortsachtig naar een slimme opmerking over zijn kostuum, maar hij was verkleed als keeper, dus ze had weinig houvast.

'Wat moet jíj voorstellen?' vroeg ze aan Derrington, in de hoop dat de plotselinge verandering van onderwerp niet zou verraden hoe zenuwachtig ze was.

'Een stomme zak,' mompelde Derrington. Zijn hoofd stak door de bovenkant van een groene vuilniszak die met modder ingesmeerd was. 'Dus dit zijn de befaamde kostuums waar iedereen het over had op school?' Derrington bekeek Massie van top tot teen. Ze wilde dat Cam dat deed, maar die was bezig een twijgje uit het harige gezicht van de gorilla te verwijderen.

Massie zou net gaan opscheppen over hoeveel moeilijkheden zij op school hadden gehad, toen zij werd gestoord door een Powerpuff Meisje.

'Hé, sorry dat ik te laat ben. Mijn ouders moesten ongeveer duizend foto's nemen, voordat ik weg kon.' Ze draaide zich om naar Derrington. 'Hoi, ik ben Claire.'

'Jij bent vast het nieuwe meisje waar we van hebben gehoord,' zei hij. Cam draaide zich weg van de gorilla om haar stiekem even te bekijken.

'Hebben jullie van mij gehoord?' vroeg Claire. Maar Massie trok Claire weg, voordat de jongens een kans kregen om te antwoorden.

'Luister,' siste ze. 'Het heeft geen zin als we allebei op dezelfde plek staan. Waarom ga jij niet in de buurt van de dj staan voor het geval mensen een verzoeknummer willen horen, of zoiets? Ik blijf hier om mijn welkom-ding te doen.'

Massie was enorm opgelucht dat Claire zonder tegensputteren vertrok. Nu zij uit de weg was, kon ze al haar aandacht op Cam richten. Hij was onderweg naar de snoeptafel, en Massie deed haar best om ontspannen over te komen, door hier en daar even te kletsen. Ondertussen verloor ze hem geen moment uit het oog. Ze had ineens zo'n vreselijke trek in suiker.

Stand van zaken	
IN	**UIT**
Dylan en	Kristen en
Derrington	Derrington
Massie en	Massie en
Cam Fisher	Chris Abeley
De 'oude Block'	Het 'nieuwe meisje'

Claire liep langs de kermende, zombieachtige serveersters, die met 'horror d'oeuvres' rondgingen. Ze had de hint van Massie begrepen, namelijk dat ze moest verdwijnen, maar ze was echt niet van plan om de hele avond naast het kraampje van de DJ te blijven staan. Dit was ook haar feest.

'Hé, Blossom.'

Claire draaide zich om en zag Layne aan komen sjokken. Mensen stapten achteruit om haar door te laten, niet uit beleefdheid, maar omdat ze bang waren om omver gelopen te worden als ze bleven staan.

'Wow, jij bent wat je noemt een "couch potato", zeg,' zei Claire tegen haar vriendin en ze nam een foto van haar. Layne had de kartonnen doos van een koelkast overdwars aangetrokken. Daar bovenop lagen de doperwtgroene kussens van de bank uit haar kelder, en haar gezicht was bruin geverfd, als een aardappel.

'Halloween is geweldig,' zuchtte Layne.

Precies op dat moment kwamen Alicia en Dylan langs paraderen – draaiend met hun staarten.

'O, kijk, couch poep,' zei Alicia tegen Dylan.

'Ik ben een couch potáto.' Layne trok haar kussens recht. Ze keek naar Claire en draaide met haar ogen.

'Ik ben blij dat je dat zegt,' zei Alicia. 'Ik wilde je bijna complimenteren met je nieuwe jurk.'

'Ja,' zei Dylan. 'Alles is beter dan die mannenbroeken die je de laatste tijd draagt. Daarin lijk je net de conciërge.'

'Ik heb tenminste een kostuum aan. Jullie zien er net zo uit als altijd,' zei Layne. 'Precies als Massie.'

Claire was zo onder de indruk van de moed en scherpzinnigheid van Layne, dat ze haar armen om haar vriendin wilde slaan en haar omhelzen. Maar dat kon pas als de koelkastdoos weg was.

'O, ja? Nou, jij ziet er ook net zo uit als altijd,' zei Dylan. 'Stom!'

Claire en Layne wisten dat hun opmerking veel sterker was en ze liepen weg om hun vriendinnen te begroeten, voordat ze enorme ruzie zouden krijgen.

Ze liepen een paar rondjes door de tuin met Meena en Heather, die verkleed waren als overleden versies van Paris en Nicky Hilton. Ze droegen allebei blonde pruiken, heel dunne jurkjes en hadden hun gezichten groen geverfd.

Het leek erop dat alle vijfenzeventig mensen waren gekomen. Claire vroeg zich af wie er was komen opdagen als alleen haar naam onder de uitnodiging had gestaan.

De meeste jongens hingen rond bij de snoeptafel, en de meisjes hingen rond in de buurt van de dansvloer. Iedereen was vrolijk en leek het naar zijn zin te hebben, maar er werd niet gemixt.

'Die dj lijkt wel van de Wal-Markt,' zei Meena. 'Wanneer houdt hij nou eens op met die ranzige Halloweenliedjes? Ik wil iets cools horen.'

'Nu,' zei Claire. Ze liep voorop in de richting van de dj.

'Mag ik even iets vragen?' zei Claire op haar allerbeleefdst. 'Hallo. Eh, zou het mogelijk zijn om over niet al te lange tijd echte songs te draaien?'

De dj keek op Claire neer vanaf zijn podium en lachte zo breeduit dat de onderkant van zijn sikje zich uitspreidde over zijn hele kin.

'Ik dacht dat jullie het nooit zouden vragen,' zei hij. 'Ik moest deze rotzooi draaien van die chick Landon Dorsey.'

Toen een paar seconden later 'Toxic' van Britney Spears uit de speakers tetterde, rende iedereen naar de dansvloer. Meena en Heather waren er het eerst. 'De Hiltonzusjes zouden dit gewild hebben,' zei Heather.

'Denk je dat er iemand is die met me wil dansen in dit stomme Powerpuff-pak?' vroeg Claire, terwijl ze haar hoofd op het ritme liet meedeinen.

'Dat bedoel ik nou!' Layne wees met haar vinger recht in de lucht, alsof ze zojuist een briljante ontdekking had gedaan. 'Dat is nou precies de reden waarom ik niet wilde dat je jongens zou uitnodigen. Als het een meisjesfeest was geweest, had het je niets kunnen schelen hoe je eruitzag in je kostuum. Dan zou je al aan het dansen zijn.'

'Ja, en als het een meisjesfeest was geweest, zou ik niet gekomen zijn,' zei Claire. 'Ik weet nu wat meisjes hier leuk vinden om te doen, en dat komt meestal neer op mij martelen. Dus, als jij me niet aan jongens wilt voorstellen, doe ik het zelf wel.'

'Toe maar.' Layne moest lachen, alsof Claire haar had verteld dat ze nooit meer een winegum zou aanraken. 'Ik heb nog een beter idee: waarom vraag je jouw medegastvrouw niet om je voor te stellen? Dat durf je vast niet.'

Claire beet op haar lip.

'Als ik dat doe, beloof jij dan om samen met mij met die jongens te praten?'

'Vanzelf,' zei Layne. Het was duidelijk dat ze niet geloofde dat Claire het zou doen.

'Prima,' zei Claire. 'Volgens mij heb ik niets te verliezen. Behalve mijn leven, maar dat is vandaag de dag niets waard.'

Als reactie op Claires melodramatische commentaar draaide Layne met haar ogen en duwde haar speels in de richting van Massie.

Massie stond bij het bloederige zwembad, omringd door een

groepje meiden die stonden te slijmen over Beans Dirty-Devil-kostuum. Net buiten hun hechte kring stonden vier jongens elkaar onbeholpen te stompen.

Claire liep eerst snel, maar vertraagde haar pas zodra ze Massies krachtenveld binnenstapte.

'Hé, hallo, medegastvrouw.' Claire glimlachte terwijl ze Massies arm een duwtje gaf. Terwijl ze het deed, wist ze dat het een stom idee was.

'Mag ik heel even?' zei Massie tegen haar gasten. Ze stapte uit de kring en trok Claire met zich mee.

'Wat nou?!' blafte Massie toen ze alleen waren. Ze zag er zó gemeen uit met de dikke laag zwarte lippenstift op haar mond, dat Claire even dacht dat ze echt in de hel was.

'Sorry dat ik stoor, maar ik vroeg me af of...'

'Ke-lèèr, zien wij eruit als een stel borsten?'

'Pardon?' vroeg Claire. 'Nee.'

'Probeer dan niet de hele tijd naast me te hangen,' zei Massie.

'Ik wilde alleen vragen of je ons aan een paar jongens van Briarwood kan voorstellen.' Claire wees naar Layne, die tussen de azalea's stond toe te kijken. Massie duwde de hoorntjes recht voor ze sprak. 'Waarom vraag je het niet aan de "couch poep"? Die kent dezelfde mensen als ik.'

'Ze is verlegen,' zei Claire. 'Bovendien – ik denk dat onze moeders verwachten dat jij me een beetje helpt, omdat we zulke goeie vriendinnen zijn. Toch? Dat heb je toch gezegd toen je vroeg of we samen dit feest mochten geven?' Claire hoopte dat haar stem beefde. 'Hoe zouden ze reageren als ze ontdekken dat jij tegen iedereen hebt gezegd dat dit jóuw feest is?'

'Nou, zullen we het ze vertellen? Dan weten we het meteen,' zei Massie.

Claire voelde haar ingewanden bevriezen. Op dit antwoord had ze niet gerekend.

'Goed, dat zal ik doen.' Claire draaide zich om en liep op het pad af dat naar het grote huis leidde. Ze keek al lopend naar haar lakschoentjes van Mary Janes en bad om een wonder. Ze had geen idee wat ze moest doen, maar ze liep alsof ze recht op haar doel afstevende.

'Oké, wacht even,' riep Massie.

Bedankt, God!

'Kom over vijf minuten naar de defecte wc. Ik zal twee jongens meenemen die volgens mij geknipt zijn voor jou en Layne.'

'Geen HL's,' zei Claire. Ze wist dat ze geen misbruik moest maken van haar plotselinge macht over Massie, maar ze kon het niet laten. 'En geen grappen, of ik doe mijn mond open.'

'Afgesproken,' zei Massie.

Terwijl Claire terugliep naar Layne, vroeg ze zich af of jongens al die moeite waard waren.

De defecte wc was wat krap voor Layne en haar oversized kostuum, dus Claire moest wel op de pot gaan zitten.

'Ik begrijp niet dat ik me heb laten overhalen,' zei Layne.

'Je hebt het beloofd.' Claire kamde haar blonde haar met haar vingers en deed wat nieuwe gloss op. 'Hoeveel jongens zouden een meisje leuk vinden dat ze op de wc hebben ontmoet?' vroeg ze aan Layne, terwijl ze zich liet zakken op de koude bril.

'Dit is een val.' Layne probeerde de hoeken van haar kostuum weg te houden van het Ralph Lauren-behang. 'Waarom zou ze ons anders laten wachten in de wc? Ze is natuurlijk iets heel vernederends van plan.'

'Vertrouw me nou maar.' Claire sloeg haar benen over elkaar en zette haar tanden in een Mars. 'Ze wilde hier alleen maar afspreken zodat niemand kan zien dat ze met ons praat.'

'O, is dat alles?' Layne schudde haar hoofd. 'Nu voel ik me echt een stuk beter.'

Ze trok haar kussens recht. 'Weet je, jongens ontmoeten in wc's, dat is wat mensen doen die van huis weggelopen zijn. Ik heb het gevoel alsof we worden gefilmd voor een filmpje van de overheid.'

Ze werden onderbroken door een zacht geklop op de wc-deur.

'Bezet,' schreeuwde Claire.

'Nee, ik ben het,' zei Massie.

'O, kom maar binnen.' Claire sprong op. Ze stond op het punt om in haar wangen te knijpen zodat ze wat kleur kregen, maar bedacht toen dat ze een masker op had.

Massie probeerde de deur open te doen, maar die knalde tegen het kostuum van Layne aan.

'Dit is stom,' zei Layne bits, terwijl ze haar evenwicht probeerde te vinden. 'Ik ga weg.'

Ze kreeg het voor elkaar om zich voorbij Claire te wriemelen en was halverwege de deur toen ze oog in oog stond met twee lange, slungelige, donkerharige jongens.

'Ik ben Rock,' zei het brokstuk. 'En hij is Roll.'

'Swing maar lekker,' zei Massie. Ze draaide zich om en liep het gebouwtje uit.

'Dit is hilarisch,' zei Layne tegen het brokstuk. Ze probeerde op haar knie te slaan, maar ze kwam niet verder dan haar arm anderhalve centimeter optillen en vervolgens weer laten zakken. 'Kun je raden wat ik ben?'

'Tuurlijk,' zei Rock. 'Je bent een couch potato. Ik kijk al de hele avond hoe jij in dat ding probeert te lopen. Ben je ondertussen niet gefrituurd?'

Roll kwam niet meer bij van de aardappelgrap van zijn vriend en gaf hem een high five.

'*O my God*, gefrituurd,' zei Layne. 'Claire, dat is toch hilarisch?'

Maar Claire vond het helemaal niet om te lachen. Zij vroeg zich eerder af waarom Massie dacht dat zij op een garage bandtype zou vallen. Layne was dan misschien een alto, maar zij was hartstikke pop.

'Ik ben Eli,' zei Rock tegen Layne. 'En dit is Tristan.'

'Hi,' zeiden Claire en Layne in koor.

'Heeft iemand zin om te schaatsen?' vroeg Eli.

'Zeker weten!' zei Layne. 'Trouwens, jij róckt.'

'Ze loopt wel keihard van stapel,' zei Claire tegen Tristan, in de hoop dat haar grapje het ijs zou breken.

'Hè?' zei hij.

Claire nam niet de moeite om het nog een keer te zeggen. In plaats daarvan keek ze hoe Layne en Eli op weg gingen naar de ijsbaan. Ze schaamde zich een beetje. Zij was zogenaamd de expert als het om jongens ging, maar het was Layne die binnen tien minuten haar soulmate had gevonden. En ondertussen had Claire liever opgescheept gezeten met haar eigen broertje dan met Tristan.

'Dansen?' vroeg hij.

'Eh, ja hoor?' zei ze. Maar het klonk meer als een vraag dan als een antwoord.

Tristan stak zijn hand uit naar Claire. Zijn nagels glommen van de zilverkleurige lak. Ze pasten goed bij de zilveren schittertjes in zijn blauwe oogschaduw. Claire ontweek zijn gebaar door te bukken en net te doen alsof ze het riempje van haar Mary Janes vastmaakte.

'Hoe kom je aan die make-up?' vroeg Claire toen ze weer rechtop stond.

'Mijn oudere zus,' zei Tristan trots. 'Meestal sluip ik haar kamer in als ze naar school is.'

'Meestal?' vroeg Claire. 'Bedoel je dat jij je ook opmaakt als je dit kostuum niet draagt?'

Tristan trok één wenkbrauw op en liet zijn hoofd scheef zakken.

'Nou, als 't effe kan.'

Claire probeerde te ontdekken of hij een grapje maakte, maar Tristan gaf geen krimp.

De dj zette 'Get the Party Started' van Pink op, en Claire was dankbaar voor de afleiding.

'O, deze vind ik goed,' zei ze. 'Kom op.'

Claire ging voorop. Dansen met Tristan was altijd nog beter dan in haar eentje staan, dacht ze. Maar op het moment dat ze op de dansvloer kwamen, begon Tristan om zich heen te slaan als een psychiatrische patiënt die zich uit zijn dwangbuis probeert te worstelen. Eerst probeerde ze dat idiote gedrag nog te negeren, maar op het moment dat de broodjes van zijn kostuum af vlogen, lukte dat niet meer.

'Wat ben je aan het doen?' vroeg Claire.

Claire bewoog rustiger dan normaal. Er waren al mensen die naar hen keken, en ze wilde zelf geen aandacht trekken. Gelukkig was Massie niet in de buurt om dit alles te zien. Daar was Claire enorm dankbaar voor.

'Tristan, als je nog sneller ronddraait, kom je in een ander tijdperk uit,' zei Claire.

Hij hoorde haar niet. Hij was geheel verdiept in waar hij mee bezig was. Claire besloot dat ze liever niet danste dan zo voor gek te moeten staan. Dus ze liep al swingend achteruit en rende naar de snoeptafel.

'Ik heb zó'n trek in marshmallows,' zei Massie tegen niemand in het bijzonder. Ze zette Bean op het gras, vlak bij het vuur waar Cam, Derrington en Vader zaten.

'Ik ook,' zei Dylan.

'En ik,' zei Alicia.

'Sorry voor het storen, maar dit is het beste vuur om ze te roosteren.' Massie lachte naar de jongens. 'Ik heb gehoord dat het iets te maken heeft met de wind.'

'Geen probleem, hoor,' zei Vader. Hij ging rechtop zitten en streek zijn gorillavacht glad.

Massie stak drie marshmallows aan de punt van haar vork en hield ze boven het felle kampvuur. Ze stond tussen Alicia en Dylan, die hetzelfde deden. Ze zagen eruit als drie jongens voor een urinoir.

Derrington, Cam, en hun vriend Vader zaten op dekens achter hen. Ze trokken handenvol gras uit het gazon en keken omhoog naar de broekjes waarop 'Kiss it' stond.

'Meisjes die jongenswerk doen, ik vind het geweldig,' zei Derrington. Hij ging liggen en vouwde zijn handen achter zijn hoofd.

Zijn wilde blonde haar en zijn bruine ogen deden Massie denken aan een gele labrador.

'Dat krijg je als er geen echte kerels zijn,' zei Massie.

De meiden gaven elkaar een high five.

'Hé, ventje,' lachte Cam. 'Daar heeft ze je te pakken.' Hij rolde over het gras van het lachen.

Massie vocht tegen de glimlach die op haar gezicht verscheen. Ze wilde Cam niet laten merken dat zijn goedkeuring haar blij maakte, ook al was dat zo.

'Hou je kop.' Derrington smeet een marshmallow naar Cams wang.

'Auwww!' Cam gooide er eentje terug.

Binnen een paar seconden waren ze alle zes verwikkeld in een marshmallow-oorlog, die behoorlijk gemeen werd op het moment dat de meisjes gloeiende marshmallows begonnen te gooien die net uit het vuur kwamen.

'Au, mijn nek,' schreeuwde Cam tegen Massie. Hij trok een kleverige marshmallow van zijn huid. Hij moest drie keer schudden met zijn hand, voordat het zachte ding eindelijk van zijn vingers kwam en op het gras landde.

'Jij bent er geweest,' zei hij.

Cam trok een nieuwe zak open en ging vol in de aanval. Hij mocht dan broodmager zijn, hij was ook lang en sterk, en miste niet één keer.

Massie kon niets meer zien door de hagel van marshmallows, dus gooide zij de rest met haar ogen dicht. Ze zag dus ook niet dat de ober, verkleed als het knechtje van Satan, er een op zijn wang kreeg en dat er een op de rug van de karateka belandde. Maar als ze dat wel had gezien, zou het haar niets hebben kunnen schelen.

Massie hoorde haar mobieltje rinkelen.

'Time-out,' zei ze.

'Hallo?' Ze was buiten adem. 'Het is Kristen,' zei haar mond tegen haar vriendinnen.

'Hoe gaat het? We missen je waanzinnig, KRISTEN.' Massie keek stiekem naar Derrington om te zien hoe hij reageerde op haar naam. Ze wilde dolgraag weten welke van haar vriendinnen hij nou leuk vond.

'Wil iemand KRISTEN even gedag zeggen?' Massie hield de telefoon min of meer in de richting van Derrington.

Vader maakte slobberend natte zoengeluiden in Derringtons oor.

'Ga weg.' Derrington kronkelde en duwde Vader van zich af.

'Ik wil haar spreken.' Dylan graaide de telefoon uit Massies hand. 'Hé, ik hoorde dat je vanmiddag onwijs hebt zitten janken – hoe gaat-ie nou?' Ze praatte hard, zodat de jongens het konden horen. 'Ja, wat erg dat je HUISARREST hebt... Toen ik nog klein was, kreeg ik vaak HUISARREST, maar nu ik óuder ben, krijg ik nóóit meer HUISARREST.'

Alicia smeet een marshmallow naar Dylans hoofd, en iedereen barstte in lachen uit.

'Derrington, hou op.' Dylan lachte in de hoorn.

'Ik deed niks, het was Alicia,' zei Derrington.

Maar daar ging het niet om. Dylan gooide de telefoon op de grond en opende de aanval op Derrington.

Niemand zei Kristen gedag.

'Dit is boring,' zei Alicia plotseling. 'Wie wil er meedoen met fles-draaien?'

'Ikke,' zei Vader meteen.

'Trouwens, waarom noemen ze jou Vader?' vroeg Massie, om het zoenen nog even uit te stellen. Ze vond het vreselijk dat Alicia goed was in iets wat zij zelfs nog nooit had gedaan. Ze wilde op haar eigen feest niet uitgemaakt worden voor preuts.

'Hij ademt als Darth Vader,' zei Cam.

Massie lachte overdreven hard.

'Wie doet er nog meer mee?' vroeg Alicia. Niemand gaf antwoord. 'Kom op jongens, dat wordt lachen.'

'Ik wil wel meedoen.'

Iedereen keek om, om te zien waar de mysterieuze stem vandaan kwam.

Bij het vuur stond, in haar eentje, een schitterend meisje. Haar blauwe ogen kwamen prachtig uit tegen het dansende oranje licht van het vuur. Haar golvende blonde haar reikte tot halverwege haar rug. Ze zag eruit alsof ze thuishoorde op een strand in Californië. Misschien kwam het wel doordat ze verkleed was als een surfmeisje (superstrakke wetsuit, uiteraard).

'Ja, ik ook,' zei Derrington plotseling. 'Ik doe mee.'

'Ik ben ook van de partij,' zei Cam.

'O, nú willen ze wel meedoen,' fluisterde Dylan tegen Massie.

'Cool,' zei het meisje. Haar ogen lichtten op door het vuur. 'Trouwens, leuk om jullie te zien.'

'Ja, ook leuk om jou te zien,' zei Massie. Ze draaide zich naar Dylan en haalde haar schouders iets op. Ze had geen idee wie dit meisje was.

'*O my God*,' zei Alicia. 'Olivia Ryan! Ik herkende je niet. Waar was je het afgelopen semester?'

'Ik was superziek,' zei Olivia. 'Maar het gaat nu weer veel beter met me.' Het leek alsof ze fluisterde, maar dat was niet zo. Haar stem was altijd zo zacht.

Dylan hoestte: 'Neusoperatie!'

'Zeker weten!' hoestte Massie terug.

'Je ziet er geweldig uit,' zei Alicia.

'Ja, en zo ánders.' Massie probeerde te bedenken aan wie Olivia haar deed denken.

Dylan duwde zachtjes haar elleboog in Massies ribben en giechelde. Zou Alicia zien dat Olivia mooier was geworden dankzij een operatie? Als dat zo was, liet ze het niet merken.

'Oké, wie doet er mee?' vroeg Alicia aan de groep.

Het leek alsof ze zin had om iets leuks te doen met Olivia, in plaats van haar te pesten. Massie begreep er helemaal niets van.

'Ik.' Olivia stak haar hand op.

'Ik ga nog meer mensen optrommelen,' zei Alicia.

'Yeh!' klapte Olivia. 'Ik help je wel.'

De twee meisjes liepen arm in arm naar de dansvloer.

'Op wie lijkt ze toch?' vroeg Dylan aan Massie.

'Geen idee,' zei ze. 'Ik liep ook al te denken.'

Maar Massie had belangrijker onderwerpen aan haar hoofd. Als bekend werd dat Olivia Ryan meer ervaring had met jongens dan Massie, zou ze dat niet overleven. Over een paar minuten stond er een zwerm zoenhongerige tweedeklassers met een draaiende fles voor haar neus, en zij moest voorkomen dat het spel gespeeld zou worden.

Ze trok haar mobiel te voorschijn.

MASSIE: DERRINGTON WIL OLIVIA ZOENEN
DYLAN: HLP!
MASSIE: STOP SPEL
DYLAN: ????
MASSIE: OLIVIA HEEFT EEN ZIEKTE
DYLAN: SNAP T

Dylan schoof haar mobieltje terug in het etuitje van Louis Vuitton, boog zich naar Derrington en Cam, en zei: 'Volgens mij is het niet zo'n goed idee om fles-draaien te spelen met iemand die het halve semester uitgeschakeld is geweest door een mysterieuze ziekte die je gezicht verandert.'

'*O my God,*' zei Massie. 'Scherpe observatie.'

'Ja, maar ze ziet er wel beter uit door die ziekte,' zei Vader.

'Nu nog wel,' zei Massie. 'Maar wie weet wat het effect is op de lange termijn?' Massie zag hoe Olivia een lege Perrierfles van de snoeptafel pakte en wist dat ze geen seconde meer te verliezen had.

'Ik ga voor mijn gezondheid,' zei Dylan tegen Derrington. Ze stak haar hand op.

'Ik ook,' zei Massie. 'Laten we naar de kapotte wc vluchten. Veel meer privacy daar.' Bij het woord 'privacy' trok ze haar wenkbrauwen op, als een sexy verleidster uit een film. Massie had geen idee hoe ze het zoenen van de agenda moest krijgen, maar nu had ze een extra minuut om iets te verzinnen.

'Ik ga mee,' zei Cam met een slinks lachje. Massie rook de Mentos met vruchtensmaak waarop hij liep te kauwen, en ging dichter bij hem staan om nog een vleugje op te vangen.

'En jij?' vroeg Dylan aan Derrington.

'Ja, oké,' mompelde hij. 'Kom op.'

Derrington mompelde altijd, dus het was moeilijk voor Massie om te weten of hij zich verveelde, of het juist leuk vond. Hoe dan ook, hij ging mee.

'O, wacht even. Moet ik hier achterblijven om Olivia's ziektekiemen in te ademen?' riep Vader hen na. 'Geweldig, hoor. Bedankt.'

'Denk je dat Vader echt boos is?' fluisterde Dylan tegen Derrington.

'Nah, nu heeft hij Alicia en Olivia helemaal voor zichzelf,' zei Derrington. 'Hij is ons waarschijnlijk dankbaar.'

Dylan was helemaal niet blij met dat antwoord. Ze at drie chocolaatjes tijdens de korte wandeling over het gras. Het was de eerste keer die week dat Massie haar zag zondigen tegen haar rauwkostdieet.

'Hé, stuk! Waar ga jij naartoe?'

Massie stopte en keek achterom. Er stonden twee jongens in jurken achter haar. De jongen met de zwarte pruik was zo klein en breekbaar dat hij haar deed denken aan de porseleinen poppen die ze vroeger verzamelde

'We hebben gehoord dat er bij het vuur fles-draaien wordt gespeeld,' zei Todd. 'Zullen we samen gaan?' Hij bood Massie zijn arm aan.

Zijn kleine vriendje giechelde. Het klonk meer als een piepje.

'Leuke meiden als jullie willen toch zeker liever jongens om mee te zoenen?' zei Massie.

Cam en Derrington schoten in de lach.

'Mag ik even?' zei Dylan, en ze trok Massie mee. Met z'n allen renden ze naar het toiletgebouwtje.

Ze glipten de wc binnen en Cam deed de deur achter hen dicht. Zijn Drakkar Noir hing in de lucht en Massie onderdrukte de neiging om hem te omhelzen. Ze zwaaide nonchalant met haar pols, in de hoop dat hij haar Chanel No.19 net zo betoverend zou vinden.

'Hoe donker zou het hier zijn met het licht uit?' zei Cam. Door zijn zachte, lieve stem klonk hij nieuwsgierig in plaats van pervers.

Hij duwde op het knopje en in de kleine wc werd het pikkedonker. Massie voelde de paniek toeslaan. Haar hart bonsde en haar handen werden klam.

Help. Wat moet ik doen als hij iets probeert?

'Kijk,' zei Massie. Ze draaide aan een schijf op de muur. De lamp aan het plafond ging aan en verspreidde een rode gloed. 'Cool, hè? Het is een warmtelamp. Nu lijkt het hier echt op de hel.'

Iedereen riep 'oooo' en 'aaaa' in koor en daarna viel er een ongemakkelijke stilte. Dylan besloot het nog erger te maken.

'Is het waar dat jij verliefd bent op iemand in onze klas?' vroeg Dylan aan Derrington. Terwijl ze wachtte op zijn antwoord, draaide ze zenuwachtig de kraan van de wastafel open en dicht.

'Pardon?'

'Ik heb gehoord dat je verliefd bent op Kristen, sinds de inzamelingsactie voor OCD,' zei ze. 'Is dat waar?'

Dylans strategie was gedurfd. Massie was onder de indruk.

'Nou, eh...' begon Derrington. Maar hij werd onderbroken.

'STERF TOCH STERVELINGEN!' Alicia en Olivia stormden met angstaanjagende gezichten naar binnen.

Dylan, Derrington, Massie en Cam grepen elkaar vast en wisten niet hoe hard ze moesten gillen.

'Grijp ze,' schreeuwde Cam. Hij duwde Massie opzij en rende achter Alicia en Olivia aan, die er gillend en lachend vandoor gingen. Derrington ging er achteraan.

Dylan was met stomheid geslagen. Ze keek hoe Olivia over het gras rende in haar superstrakke wetsuit, en zag dat alle hoofden haar kant op draaiden.

'Nou, in elk geval is er íemand die het leuk vindt om achterna gezeten te worden door jongens,' zei Massie tegen Dylan, terwijl de sensuele brunette en haar nieuwe, blonde handlanger ervandoor gingen met de jongens van hun dromen.

'Aan wie doet ze me toch denken?' vroeg Dylan.

'Ik weet het,' zei Massie. 'Aan zo'n Steve Madden-model. Je weet wel, die met die grote hoofden en sprietige lijfjes.'

'Nou je het zegt!'

'O, en aan nog iets.'

'Wat dan?'

'Aan dood vlees.'

```
┌─────────────────────────────────────────────┐
│                                               │
│         KERMIS IN DE HEL-FEEST               │
│                                               │
│              SNOEPTAFEL                       │
│                                               │
│              21.25 uur                        │
│                                               │
│              31 oktober                       │
│                                               │
└─────────────────────────────────────────────┘
```

Claire stond aan de rand van de ijsbaan te kijken hoe Layne aan het schaatsen en flirten was met een jongen die verkleed was als een rotsblok. Ze was het helemaal zat om aan de zijlijn te staan en te zien hoe anderen het naar hun zin hadden.

Pas toen Layne over een Snickers schaatste en door de lucht vloog, kon er een lachje af bij Claire. Ze voelde zich meteen schuldig, omdat ze het grappig vond dat haar vriendin viel, maar ze kon er niets aan doen. Layne was niet eens op zoek naar een jongen, maar zij wel. Het was oneerlijk! Op de een of andere manier maakte het een hoop goed dat ze zo onelegant onderuit ging. Trouwens, de kussens om Laynes nek hadden de val gebroken, dus ze had zich geen pijn gedaan. Ze kon alleen wel door de grond zakken.

Eli probeerde Layne te helpen opstaan. Maar hun kostuums zaten steeds in de weg en daardoor kreeg hij geen greep op haar arm. Na een paar mislukte pogingen kroop Layne aan land.

'Hé, Blossom.'

Claire hoorde het piepstemmetje en toen ze zich omdraaide, zag ze Nathan. Hij stond in zijn groene jurk vol chocoladevlekken naar haar op te kijken.

'Hé, Buttercup,' zei ze zachtjes. In de buurt van zo'n klein jongetje ging je vanzelf zacht praten. 'Waar is Bubbles?'

'Die heeft zich verstopt in de bosjes en gooit Smarties naar Massie.'

Claire schudde langzaam haar hoofd.

'Heb je zin om mee te gaan naar die karikatuurgozer?' vroeg Nathan.

'Tuurlijk, waarom niet?'

Claire wist dat haar sociale leven een historisch dieptepunt had bereikt toen ze over het gras kuierde met het dwergvriendje van haar broertje. Ze vonden de tekenaar op de stenen veranda naast de zij-ingang van het huis. Toen hij Blossom en Buttercup zag aankomen, legde hij zijn hart op zijn hart en glimlachte.

'O, jullie zijn geweldig,' zei hij. 'Kom, ga zitten, ga zitten.'

'Weet je zeker dat je dit wilt?' mompelde ze tegen Nathan.

'Ja,' zei hij schril.

'Hi,' zei de tekenaar. 'Ik ben Jules Denver.'

Het viel Claire op dat hij droge, kalkachtige handen had toen hij zich voorstelde. Ze schudde beleefd zijn hand, en veegde haar handpalm af aan de zijkant van haar jurk toen hij niet keek.

Jules had grijs haar dat bol stond – professioneel geföhnd, nam Claire aan. Hij had een grote, stompe neus en diepliggende ogen in de vorm van spleetjes. Claire vond Jules lijken op een van de voorbeeldkarikaturen die, geplastificeerd, aan de zijkant van zijn ezel geniet waren.

'Volgens mij is het helemaal schattig als jouw vriendje bij je op schoot gaat zitten,' zei hij tegen Claire.

'Volgens mij zie ik er dan uit als een buikspreker, denkt u niet?' vroeg Claire zo aardig mogelijk. 'Misschien kan ik beter achter hem gaan staan.'

'Doe maar wat.' De glimlach van Jules verdween. 'Die kant op kijken, alsjeblieft.' Hij wees met zijn rode Magic Marker naar de grote eik met de bungelende etalagepop. 'En stilzitten.'

Vijf meisjes verkleed als muizen stonden op een kluitje onder de boom. Ze spraken met hun hand voor hun mond. Claire probeerde te liplezen toen ze een leuke jongen met rommelig zwart haar, verkleed als een voetbalkeeper, langs de meisjes zag rennen. Hij keek over zijn schouder, alsof hij achternagezeten werd. Maar er kwam niemand achter hem aan.

'Misschien heeft hij te veel suiker gegeten,' zei Claire tegen Nathan. Maar Nathan antwoordde niet.

'Niet praten,' snauwde Jules.

Claire wilde dat Layne erbij was, want dat zou ze vast geestig hebben gevonden.

'Naar de boom kijken, schatje,' zei Jules.

Telkens als Jules naar zijn papier keek, probeerde Claire de Leuke Hardloper te spotten. Uiteindelijk zag ze hem. Hij kwam haar kant op lopen.

'Kijk uit,' zei Claire tegen Jules.

Maar het was al te laat. De Leuke Hardloper liep keihard tegen Jules op, waardoor de tekenaar met zijn gezicht op de ezel klapte.

'Dokter,' riep Jules. Hij lag plat op de grond, omringd door Magic Markers.

'Sorry, man,' zei de Leuke Hardloper tegen Jules, terwijl hij opstond. 'Ik zag je helemaal niet.'

Claire en Nathan probeerden zo goed en zo kwaad als het kon hun lachen in te houden.

'Erg geestig,' snauwde Jules tegen Claire. 'Ik geloof dat ik mijn heup heb gebroken.'

'Wij moeten er helaas vandoor,' zei Claire terwijl ze achteruitliep. 'Ik hoop dat u zich snel weer beter voelt.'

Blossom, Buttercup en de voetbalkeeper kregen een hysterische lachbui zodra ze buiten gehoorsafstand van Jules waren.

'Sorry, dat ik jullie tekening heb verpest,' zei de voetbalkeeper.

'Niks sorry,' zei Claire. 'Je hebt mijn leven gered.'

'Heel goed.' Hij lachte. Claire vond zijn zachte stem prettig en wilde ineens haar naam horen op de manier waarop hij 'heel goed' zei.

'Ik ben Claire,' zei zij. 'En dit is Nathan, de vriend van mijn broertje.' Ze wees naar de grond, maar daar was niemand. 'Oké, dit wás Nathan. Gek, ik heb hem helemaal niet zien weggaan.'

'Ik ben Cam,' zei hij. Zijn zwarte haar en rode lippen deden Claire denken aan Sneeuwwitje, maar dan op z'n jongens.

'Voor wie was je op de vlucht?' vroeg Claire.

'Twee meisjes, Alicia en Olivia. Ik geloof dat ik ze niet meer zie.'

'Is dat de bedoeling?' vroeg Claire.

Ja, ja. Zeg alsjeblieft ja.

'Ja.' Hij zuchtte. 'Ik bedoel, ze zijn heel cool en zo, maar ze zijn een beetje te hyper voor mij. Begrijp je wat ik bedoel?'

'Ze zijn een heleboel dingen. Allemaal om voor weg te lopen.'

Cam grinnikte. Zijn ogen lachten.

'Heb je het wel een beetje naar je zin op mijn feestje?'

'Jóuw feestje? Ik dacht dat het Massies feestje was.'

Claire kon zich nog net bedwingen om iets lelijks te zeggen. 'We geven het samen,' zei ze. 'Ik woon daar.' Ze wees naar het stenen huisje met kartonnen spoken die op de voordeur geplakt zaten.

'O, echt waar?' Hij klonk verrast. 'Dus jij bent het nieuwe meisje?'

'Eh... ja.' Ze wist niet hoe hij daarop zou reageren.

Maar hij deed niets, hij keek haar alleen aan met zijn verschillend gekleurde ogen.

'Wat is er?' Claire trok aan het haarelastiek rond haar pols, totdat het pijn deed.

'Niets, ik heb over je gehoord, dat is alles,' zei hij. 'Maak je geen zorgen, het waren allemaal goede verhalen.'

Claire wilde hem dolgraag vragen wát hij dan had gehoord, van wíe hij het had gehoord, en wannéér. Maar ze wilde niet al te wanhopig overkomen.

'Leuk.' Meer kon ze niet uitbrengen.

Na een wat ongemakkelijke stilte zei Cam: 'Massie lijkt me wel leuk. Ik heb met haar gedanst op het feest voor de inzamelingsactie, en ik vond haar heel cool – voor een OCD-meisje.' Hij stompte haar zachtjes tegen haar arm.

Claire grinnikte.

'Ik was ook op dat feest,' zei ze. 'Maar je was natuurlijk zo aan het flirten met Massie dat je mij niet hebt gezien.'

Cam propte zijn handen in zijn zakken en lachte verlegen.

'Ik geloof dat er iemand een beetje verliefd is op Massie Block.' Claire hoopte dat hij haar teleurstelling niet zou merken.

Ze kwam er niet achter, want hij streek een dikke haarlok uit zijn gezicht en veranderde van onderwerp. Hij keek naar de dansvloer, waar iedereen aan het klappen en schreeuwen was vanwege een halfnaakte, dikkige jongen, die zijn shirt boven zijn hoofd ronddraaide op de maat van de muziek.

'Zullen we daar even gaan kijken?'

'Prima,' zei Claire. 'Maar ik kan je niet beloven dat ik het leuk ga vinden.'

Cam lachte en Claire glimlachte. Ze was blij dat hij blijkbaar dezelfde dingen grappig vond als zij, en dat wilde ze hem laten weten. Sterker nog, ze wilde hem heel veel dingen over zichzelf laten weten, maar als hij Massie leuk vond, dan viel hij waarschijnlijk op meisjes waarvoor hij moeite moest doen. Claire besloot om tijdens het dansen net te doen alsof ze zich verveelde.

'Happy Halloween!' schreeuwde de dj. 'Hebben jullie het naar je zin?' Iedereen joelde en klapte. 'Ik heb nog één song over, en daar wil ik alles uithalen. Kunnen jullie dat aan?'

Vuisten schoten de lucht in en iedereen gooide met snoep.

'Dat dacht ik wel.' De dj lachte zijn tandpastalach. 'Ik heb twee cadeaubonnen van iTunes voor het beste danspaar.' Hij hield de witte enveloppen boven zijn hoofd.

'Die zijn voor ons,' zei Cam tegen Claire. Hij veegde zijn handen af aan zijn voetbalbroekje.

Na de eerste maten van 'Hot in Herre' van Nelly ging iedereen uit zijn dak. De lastige maskers, staarten, hoeden, capes en schoenen vlogen af en werden naast de dansvloer gedumpt.

Vermoeide ouders, die de late carpooldienst hadden, begonnen binnen te druppelen. Zij haalden het niet in hun hoofd om hun kinderen mee te nemen voordat het laatste nummer was afgelopen, dus stonden ze wat te kletsen met hun armen over elkaar en hun autosleutels in hun hand.

Claire greep haar kans. Ze deed een paar sprongen die ze kende van turnen, en schudde met haar kont zoals ze danseressen in clips had zien doen. Claire wilde indruk maken. Ze was zo geconcentreerd aan het dansen, dat ze bijna vergat om naar Cam te kijken. Zodra hij een andere kant op keek, veegde ze het zweet van haar voorhoofd en nam hem van top tot teen op.

Hij zag eruit als een boef uit oude westernfilms waar haar vader en Todd zo graag naar keken. Hij hield zijn handen als pistolen voor zich en 'schoot' op het ritme van de muziek. Hij bewoog op de beat zonder dat zijn voeten van de vloer kwamen.

Todd en Nathan renden rondjes en duwden elkaar tegen leuke meisjes aan. Zodra ze tegen iemand aanbotsten, schoten ze ervandoor, voordat het meisje, of de jongen die met haar danste, kon ontdekken wie ze waren.

Dylan, Alicia en een of ander blond meisje dat Claire niet kende, stonden aan de andere kant van de dansvloer en waren omringd door een groep jongens die om hen heen draaiden. Claire zag dat ze naar haar keken en op Cam wezen. Ze wist dat ze onder de indruk waren van hem, en alleen al daarom wilde ze nóg beter dansen. Als Massie haar toch kon zien! Maar die was in geen velden of wegen te bekennen. Hopelijk zouden Dylan en Alicia het doorvertellen.

De muziek stopte en de ouders keken opgelucht.

'En de winnaars van de danswedstrijd van Kermis in de Hel zijn...' De dj liet tromgeroffel horen. 'De Voetballer en de Powerpuff Girl!'

Het teleurgestelde publiek applaudisseerde beleefd.

Todd en Nathan liepen verbaasd maar blij naar de dj om hun prijs op te halen.

'Wat doen júllie nou?' vroeg Claire aan haar broertje.

'Wij hebben het verdiend,' zei hij. Nathan stak zijn handje uit voor Cam langs en graaide naar de witte enveloppen die de dj vasthield.

'Ga weg, kleine rat,' zei de dj. Hij hield de kaarten boven zijn hoofd, zodat Nathan er niet bij kon.

'Donder op, anders doe ik je wiskundehuiswerk niet,' fluisterde Claire tegen Todd.

'Hé, Nathan, kijk. De vloer ligt vol snoep,' zei Todd.

En weg waren ze.

Cam was zo blij dat hij Claire en plein public omhelsde. Hij was nog dankbaarder toen ze hem haar cadeaubon van iTunes gaf.

'Weet je dat zeker?' vroeg Cam, terwijl hij de envelop uit Claires klamme hand pakte.

'Absoluut. Ik heb geen iPod.' Maar Claire wist dat ze hem de kaart ook gegeven had als dat wel zo was. Ze had alles over voor die lach.

'Geweldig, dan maak ik een killermix voor je van alle nummers die ik download.' Cam propte de enveloppen diep in zijn zak.

'Ik moet weg,' zei hij. 'Bedankt voor het feest. Het was heel leuk.'

'Cool,' zei Claire. Meer kon ze niet uitbrengen. Ze stak haar hand in haar kniekous en trok haar cameraatje eruit. Cam was al een paar meter van haar vandaan, en zijn rug was naar haar toegekeerd. Toch nam ze een foto van hem.

Vriendinnen omhelsden elkaar en zeiden gedag, terwijl hun ouders de tuin afzochten naar bekende kostuumonderdelen.

Massie stond bij het hek en zei 'wel thuis' en 'bedankt voor jullie komst' tegen haar gasten. Iedereen was vol complimenten over haar geweldige feest. Er was niemand die Claire kwam bedanken. Maar daardoor liet ze haar avond niet verpesten. Dankzij Cam was alles uiteindelijk perfect uitgepakt. Ze kon bijna niet wachten om Layne te vertellen dat ze niet langer een Pruillipje was.

Toen iedereen eindelijk was vertrokken, trok Claire de rode pruik van haar hoofd en liep naar het gastenverblijf. Ze wilde onder de douche en meteen naar bed.

'En waar gaat dat heen?' riep Massie. Ze was bezig een paar gele huishoudhandschoenen aan te trekken en ze had een grote, groene vuilniszak bij zich. 'We moeten van mijn moeder alle etensresten opruimen, voordat we een invasie van wasberen krijgen.'

'O, nú ben ik ineens wel goed genoeg?' zei Claire. De frisse wind droogde het zweet op haar lijf, en ze had het ineens koud.

'Landon had daarvoor moeten zorgen, maar die is vertrokken,' zei Massie. 'Waarschijnlijk was de koffie op, of zoiets.'

Claire zuchtte. Ze trok het elastiek van haar pols en bond haar haar in een hoge staart.

Ze liepen zij aan zij over het gras en raapten zacht geworden chocola, geplette papieren bekertjes en kostuumresten op. Terwijl Massie zich bukte om een rubber neus op te rapen, keek Claire even snel naar de foto die ze van Cam had genomen. Ze had zijn gezicht er niet op gekregen, maar de spieren van zijn kuiten zagen er goed uit. Ze wilde de foto zo snel mogelijk mailen naar haar vriendinnen in Florida.

'En, wat vind je van die gozer?' vroeg Massie.

'Ik vind hem echt leuk,' zei Claire. Ze voelde dat ze rood werd.

'Dat verbaast me niks,' zei Massie. 'Jullie hebben dezelfde smaak qua make-up.'

'Wát?'

'En volgens mij ging het ook helemaal goed met Layne en Eli,' ging Massie verder. 'Ik zag dat ze probeerden te zoenen, maar dat lukte niet omdat hun kostuums in de weg zaten.'

Op dat moment realiseerde Claire zich dat Massie het over Tristan had, en niet over Cam. Ze besloot haar in die waan te laten. Hoe minder Massie wist, hoe veiliger het voor haar zou zijn.

'En jij?' vroeg Claire. 'Ben jij nog verliefd geworden?'

'Nee.' Massie schudde heftig met haar hoofd. 'Ik moest ervoor zorgen dat mijn vriendinnen elkaar niet zouden aanvliegen. En ik heb de halve avond aan de telefoon gehangen met Kristen, die enorm moest huilen over een of andere maffo die korte broeken draagt in de winter. Ik heb zelfs de danswedstrijd gemist.'

Claire stond op het punt om eruit te gooien dat zij had gewonnen, maar dat kon ze op het laatste moment inslikken.

'Je mag echt van geluk spreken dat je geen vriendinnen hebt,' zei Massie. 'Je wordt er soms depressief van.'

'In Florida heb ik honderden vriendinnen, hoor,' zei Claire.

Maar Massie antwoordde niet. Ze was bezig om een gesmolten marshmallow van de snoeptafel te pulken.

'Ik begrijp niet dat Alicia en Olivia naar huis zijn gegaan zonder mij gedag te zeggen,' zei Massie, en ze gooide een lege Pellegrinofles in haar vuilniszak.

'Wie is Olivia?'

Massie was zo verdiept in haar gedachten dat ze niets zei.

'Ach, nou ja,' zuchtte ze. 'Weet je, vriendinnen zijn net kleren – ze blijven niet eeuwig in.'

'Zoiets treurigs heb ik nog nooit gehoord,' mompelde Claire tegen zichzelf.

'Wat?'

'Niks, ik was aan het zingen.'

Claire wilde aan Massie vragen of ze het echt meende, maar deed geen moeite. Ze wist het antwoord al.

'Waar gaat deze spoedbijeenkomst eigenlijk over?' fluisterde Massie tegen Kristen.

Het was een waanzinnig weekend geweest, vol met overgebleven Halloweensnoep en after-the-party-roddels. Dus niemand was in de stemming voor een maandagochtendpreek. De tweedeklassers kwamen over de vloerbedekking van het gangpad aanlopen. Massie en haar vriendinnen liepen helemaal achteraan in de rij.

'Ik heb gehoord dat het te maken heeft met de petitie van Dori,' zei Kristen. 'Het schijnt dat de cafetariavrouwen nogal geschrokken zijn. Er staat in dat zij hun nagels moeten verzorgen voordat ze voedsel mogen serveren aan minderjarigen.'

'Het is hoog tijd dat iemand dat zegt.' Massie hield een haarlok voor haar neus, zodat ze een vleugje van haar Avedashampoo kon ruiken. In de Sagamorezaal rook het naar muffe vloerbedekking, omdat de deuren een tijdje niet open waren geweest.

Directrice Burns stond bij het podium en hield haar beruchte fluwelen tas open. Eén voor één legden de meisjes voorzichtig hun mobieltjes erin, voordat ze gingen zitten. Dit was de nieuwste poging van de directrice om de symfonie van ringtonen, die elke bijeenkomst verstoorde, het zwijgen op te leggen. Zonder de afleiding van sms'jes zat iedereen zich dus gedwongen kapot te vervelen tijdens de saaie preken. Massie zorgde er altijd voor dat haar mobieltje als laatste in de tas verdween, zodat er geen krassen op kwamen.

Op weg naar haar stoel maakte Massie haar kasjmieren sjaals in roze, grijs en paars wat losser, en vroeg zich af of Claire die ochtend net zo veel moeite met de weddenschap had gehad als zij. Ze speurde de zaal rond. Twee na-apers hadden zich gehuld in de verschrikkelijke combinatie in roodmosterd die zij de vrijdag daarvoor gedwongen had moeten dragen. Massie moest lachen. Het leek wel alsof iedereen op zoek was naar ideeën om er goed uit te zien. Claire leek haar inspiratie gevonden te hebben op de zolder van Layne. Het kon niet anders of het jaren zeventig patchworkrokje van suède en het gele T-shirt kwamen daar vandaan.

Massie trok de zitting van een stoel omlaag en ging tussen Kristen en Dylan zitten. Zij hadden met opzet een plaats opengehouden, zodat ze niet naast elkaar hoefden te zitten.

Alicia kwam binnen, maar zei nauwelijks iets. Ze had het te druk met gniffelen met Olivia, haar nieuwe Beste Vriendin, over alle e-mails die zij dat weekend van Derrington hadden gekregen.

'Wat vind je dan van die D's van hem?' vroeg Alicia.

'Dat die allemaal rood zijn?' vroeg Olivia. 'Nou je het zegt, wat betekent dat? Denk je dat er iets aan de hand is met zijn computer?'

'Nee. Zijn naam begint met een D en het is een poging om leuk te zijn.' Alicia klonk onzeker, alsof ze niet wist of Olivia haar echt niet begreep, of maar deed alsof.

Massie draaide met haar ogen. Ze kon niet geloven hoe stom Olivia was en vroeg zich af waarom Alicia haar niet uitlachte. Normaal gesproken zou Massie het haar hebben gevraagd, maar ze zweeg tegen Alicia sinds die zonder gedag te zeggen van het feest was weggegaan.

Iedereen had ruzie.

Kristen keek vuil naar Dylan, vanwege flirten met Derrington op het feest terwijl zij belde. Dylan was kwaad op Kristen omdat zij Derrington leuk vond – ook al kenden die twee elkaar nauwelijks. En ze waren allebei kwaad op Alicia, omdat zij mailde met Derrington, ook al zei Alicia dat híj was begonnen. Voor hetzelfde geld waren ze allemaal boos geweest op Olivia, maar daarvoor vonden ze haar niet aardig genoeg.

'Meisjes, even stil nu,' zei directrice Burns, terwijl ze de microfoon stelde die op het houten podium voor in de zaal stond. Ze tuurde de zaal in. Alleen haar ogen bewogen, de rest van haar lichaam was bewegingloos. Iedereen vond dat ze op een buizerd leek.

'Ik zal er geen doekjes om winden,' zei directrice Burns. 'Er is vorige week sprake geweest van ernstige overtredingen.'

Massie strekte haar hals om Dori's reactie te kunnen zien. Zoals Massie al vermoedde, grijnsde ze breeduit, alsof ze zojuist de finale van *Idols* had gewonnen.

Waarom heb ik niet aan een petitie gedacht?

'Wat begon met een paar naar aandacht snakkende meisjes die rondhuppelden in smakeloze outfits, verspreidde zich in de gangen van onze school als een virus,' verklaarde de directrice. 'En tegen lunchtijd liep iedereen van dat jaar er halfnaakt bij.'

Dori's glimlach verdween. Massies gezicht klaarde op.

Massie wilde haar mobieltje pakken, zodat ze 'OMG!' kon sms'en naar Kristen en Dylan, maar herinnerde zich dat die in de fluwelen tas zat.

Gedver!

Er zat niets anders op dan op de ouderwetse manier te communiceren, dus zette ze haar nagels in Kristens dij. Kristen reageerde door in Massies arm te knijpen.

'Heel snel riep een groep woedende ouders een spoedvergadering bijeen, die vijf uur duurde, en waardoor ik mijn enige zoon in zijn ALLEREERSTE HALLOWEENKOSTUUM moest missen – hij was verkleed als een jong vogeltje.'

Massie, Kristen, Alicia en Dylan sloegen snel hun hand voor hun mond om hun lachen te smoren. Een paar andere meisjes giechelden, maar stopten zodra directrice Burns naar hen keek met haar zwarte kraaloogjes.

Na een dramatische pauze en een diepe zucht ging de directrice verder. 'We zijn uiteindelijk tot een beslissing gekomen.'

Dylan sloeg haar arm over de rugleuning van haar stoel en pakte zachtjes een pluk haar van Massie. Massie pakte de achterkant van Dylans helderwitte kraagje. Zij konden zich niet voorstellen wat er uit de mond van directrice Burns zou gaan komen, maar ze voelden dat het niet veel goeds zou zijn.

'Met pijn in mijn hart moet ik jullie meedelen...' Ze pauzeerde.

Overal in de zaal steeg gemompel en gefluister op. Ze schraapte haar keel voordat ze verderging.

'OCD gaat over op UNIFORMEN. Het hoofd van onze creatieve afdeling, Pia Vogel, zal jullie de details vertellen. Ik ben eerlijk gezegd te zeer van slag om dat te doen.'

Alle leerlingen sprongen van hun stoel en schreeuwden: 'Néé!' en 'Onéérlijk', maar directrice Burns schraapte haar keel voor de microfoon en iedereen was weer stil.

'Ik weet niet over wie ik het meest teleurgesteld ben, de meisjes die ermee begonnen, of de meisjes die er klakkeloos achteraan liepen,' zei ze, en ze liep het podium af.

Er klonk geschuifel en geritsel toen alle leerlingen van het tweede jaar zich omdraaiden naar Massie. Binnen de kortste keren sloegen de vlammen haar uit. Voor het eerst in haar leven wilde ze niet het meisje zijn waar iedereen naar keek. Maar dat was ze nu wel, helaas.

Voorlopig was Massie veilig. De laatste wc van de docententoiletten was het enige wat tussen haar en een bende woedende tweedeklassers in stond. Zouden zij haar de schuld van alles geven? Ze wist het niet precies. Ze was ook niet zo stom om dat meteen na de bijeenkomst uit te vinden. Zodra directrice Burns in haar handen klapte en iedereen wegstuurde, was Massie hem gesmeerd via de nooduitgang zonder dat iemand haar in de gaten had. Ze wilde zo graag weg dat ze haar mobiel in de fluwelen tas liet liggen. Na school zou ze wel een nieuwe kopen, dacht ze. Gelukkig had ze haar PalmPilot. Ze had een hoop te zeggen.

STAND VAN ZAKEN	
IN	**UIT**
Alicia en Olivia	Massie, Kristen, Alicia en Dylan
Uniformen	Vrijheid, expressie
Gezocht: Massie – dood of levend	persoonlijke stijl
	Ik

Massie had visioenen van boze meisjes in uniformen die haar van haar tafel in het Café verjoegen, zodat zij voor haar eigen veiligheid bij de docenten moest eten. Ze vocht tegen de tranen op het moment dat de deur openging en iemand binnenkwam. Ze ging op de wc-pot staan en greep haar armband vast, zodat het getingel van de bedeltjes haar niet zou verraden.

Ze deed haar best om heel stil te blijven en kreeg het voor elkaar om tweeëntwintig seconden geen adem te halen. De indringer ging niet naar de wc en waste ook niet haar handen. Het leek wel alsof ze daar zomaar rondhing.

Weg, dacht ze. Ga toch wég!

Massie kreeg de zenuwen van deze impasse. Ze vond het vreselijk als iemand haar volgde, en werd nog liever gepakt dan dat ze dit gekmakende – en zóóó stomme – gedoe moest doorstaan. Ze stapte zo voorzichtig en zachtjes mogelijk van de wc-pot af. Zodra haar beide voeten op de grond stonden, pakte ze haar haar vast en boog omlaag om onder de deur door te kijken.

Zo ondersteboven hangend, voelde ze het bloed naar haar hoofd stijgen. Maar voor ongemak had ze nu geen tijd. Vooral toen ze zag wat er aan de andere kant van de deur was.

'Èèèh!' Massie gilde toen ze het grote blauwe oog zag.

'Èèèh!' gilde het blauwe oog terug.

Het zag er niet uit als een docentenoog, want er dreven geen zwarte mascaraklonten in de hoeken.

'Doe de deur open,' zei het oog.

Massie herkende die eekhoorntjesstem. Het was Claire.

'Is het veilig?' vroeg Massie.

'Ja,' fluisterde Claire. 'Alle docenten staan buiten. Ze proberen het protest te breken.'

'Protest?'

'Ja, Layne is een protestmars begonnen voor het Andere Uniform. Kijk maar. Je kunt haar door het raam zien.'

Massie deed de deur open. Ze nam niet de moeite om naar buiten te kijken.

'En? Wil iedereen me dood hebben?' vroeg ze.

'Gabby en Bella willen je met je drie sjaals aan de vlaggenmast opknopen – zoiets zeiden ze. Maar ik denk dat je ze wel aankunt. Kristen en Dylan maken zich zorgen…'

'En Alicia?' vroeg Massie. 'Zoekt ze mij?' Ze had onmiddellijk spijt van die vraag.

'Nee,' zei Claire. 'Ze zit met Olivia in het stalletje van Starbucks. Ik liep erlangs toen ik hierheen ging. Trouwens, hier is je telefoon.'

Claire overhandigde haar voorzichtig de Motorola. Zo attent was nog nooit iemand voor haar geweest, dacht Massie, maar ze zei niets.

'Ik ben alleen gekomen. Je hoeft je geen zorgen te maken,' zei Claire, alsof ze Massies gedachten kon lezen. 'Ik zag je door de nooduitgang wegsluipen.' Ze lachte voluit en eerlijk. 'Het is wel geestig dat jij en ik voortaan elke dag precies hetzelfde moeten dragen.'

Massie had haar mobieltje graag naar Claires hoofd gesmeten. Als ze in het weekend niet drie uur bezig was geweest om de voorkant met paarse schittersteentjes te beplakken, had ze het nog gedaan ook.

'Ik doe liever nog een jaar onze weddenschap, dan dat ik net als iedereen in een stijf wit bloesje en een kriebelig ruitrokje moet rondlopen.' Van de gedachte alleen al kreeg Massie jeuk aan haar been.

'Waarom ga jij die uniformen niet ontwerpen?' zei Claire. 'Jij hebt de beste stijl van de hele school, en je haalt alleen maar tienen bij Modeontwerpen.'

Massie voelde het bloed terugstromen in haar gezicht. Wat een briljant idee, dacht ze. Dan draagt iedereen iets wat ik heb ontworpen. Daarmee word ik beroemd.

Massie vroeg zich af wat voor logo ze zou gebruiken. Zou het een kroontje worden, of een foto van Bean? Zou haar lijn exclusief voor OCD zijn, of zou ze haar ontwerpen beschikbaar stellen aan de massa? Zou Cam onder de indruk zijn?

'Ik zal het aan Pia vragen,' zei ze, en ze probeerde niet al te opgewonden te klinken. 'Dat vindt ze vast goed. Mijn ouders doneren al zoveel aan OCD. En als ze meer willen, kan ik aan mijn vader vragen of hij de ontwerpstudio wil bouwen, of zoiets. Trouwens, waarom ben je achter mij aan gekomen?' vroeg Massie.

'Weet ik veel,' zei Claire. 'Ik dacht dat je wel een vriendin kon gebruiken.'

'Ja hoor, vertel op: wat wil je?'

'Een vriendin.'

Claires antwoord was zo puur en simpel dat het Massie overrompelde. Ze sloeg haar armen over elkaar en kneep haar ogen tot spleetjes – ze zocht naar sporen van onoprechtheid op Claires gezicht. Die waren er niet.

'Kom na school naar mij toe om te helpen denken, als je wilt.' Het verbaasde Massie om die woorden uit haar eigen mond te horen.

Claire keek net zo geschrokken. Ze stonden allebei doodstil en vroegen zich af of Massie echt had gezegd wat ze had gezegd.

'Voor onze moeders, natuurlijk,' zei Massie. Ze sloeg haar koerierstas van Prada over haar schouder. 'Wie weet, sleep je er eindelijk een mobieltje uit.'

'Dat is in elk geval nog een poging waard.'

Massie liep als eerste de toiletten uit en ging op weg naar het slagveld. Ze was volledig bereid om te vechten voor iets waar ze heilig in geloofde: haar persoonlijke stijl.

Massie wachtte tot Alicia, Kristen en Dylan de nodige hoeveelheden kaneel en zoetjes in hun koffie-verkeerd hadden gedaan, voordat ze van wal stak.

'Toestemming gevraagd voor twintig roddelpunten,' zei ze, en ze blies vervolgens nonchalant in haar thee.

'Twíntig punten?' krijste Alicia. 'Dan heb je óf de antwoorden van het natuurkundeproefwerk, óf Britney gaat weer trouwen en jij hebt gezorgd dat wij uitgenodigd zijn.'

'Gaat Britney Foster tróuwen?' vroeg Olivia. 'Ze zit een klas lagen dan wij.'

'Néé, Britney Sp...'

'Ze is gewoon té geestig,' denderde Alicia erdoorheen. Maar niemand lachte.

'Mijn nieuws wordt morgen bekendgemaakt tijdens een plenaire bijeenkomst, maar als jullie het nu willen horen, kost je dat twintig punten,' zei Massie.

'Doen,' zei Dylan.

'Doen,' zei Kristen.

'Doen,' zei Alicia.

'Doen,' zei Olivia.

'Is er een echo hier? Ik dacht dat ik een extra "doen" hoorde.' Massie keek het Café rond. Als ze nog zou praten met Alicia, zou ze haar vragen waarom Olivia erbij was. 'Anyway, na de bijeenkomst, terwijl iedereen aan het protesteren was...'

'Ja, waar was je? We hebben je overal gezocht,' zei Dylan.

'…ben ik meteen naar het kantoor van Pia Vogel gerend om met haar te praten over dit uniformgedoe.' Massie besloot het niet te hebben over het verstoppen in de toiletten.

'Ik hoop dat je hebt gezegd dat het heel, heel, heel oneerlijk is,' zei Olivia.

Kristen draaide met haar ogen.

Massie vertelde niet dat ze Pia had voorgesteld om de uniformen te ontwerpen. Want Pia's antwoord was nee. Massie vertelde alleen hoe het gesprek was afgelopen.

'Dus na veel heen-en-weer-gepraat vond Pia het eindelijk een goed idee om een OCD-uniformwedstrijd te houden. Ze gaat zelfs de redactie van *Teen People* bellen en vragen of ze een interview willen houden met de winnaar. De modeshow is zaterdag. En dan wordt er ook gestemd.'

'Wáánzinnig!' Olivia klapte in haar handen en sprong op en neer. Ze hield ermee op toen ze merkte dat niemand opgewonden was.

'Deze week? Totaal onhaalbaar.' Kristen wreef in haar ogen. 'We kunnen toch nooit zo snel iets ontwerpen?'

'Ik weet het, het is heel erg, maar ze willen zo snel mogelijk een uniform,' legde Massie uit. 'Ik heb geprobeerd om haar op andere gedachten te brengen, maar Pia gaf geen millimeter toe.'

'Het is verschrikkelijk,' zei Kristen. 'Ik zit echt te wachten op nóg meer huiswerk deze week.'

'Ja, hoor.' Dylan fronste. 'Ik heb dertig uur soap opgenomen die ik nog moet bekijken, en nu moet ik leren naaien?'

Massie was vastbesloten om hen over te halen, aangezien zij verantwoordelijk was voor de hele toestand.

Ze lachte heel hard.

'Wat valt er nou te lachen?' vroeg Alicia. 'Zij hebben gelijk – het is gewoon één grote zooi.'

'Jullie zijn echt geestig,' zei Massie. 'Ik vind het te gek als jullie net doen alsof jullie het niet snappen. Ik trap er steeds weer in.'

Olivia keek opgelucht.

'Kristen, jij zou uit je dak moeten gaan. Je hoeft je nooit meer in de auto te verkleden. En als je het winnende schooluniform ontwerpt, dan móet jouw moeder het goedvinden wat je draagt,' zei Massie.

Kristens donkerblauwe ogen begonnen spontaan te schitteren.

'En Dylan, jij kunt aan Philippe, jouw moeders kledingman, vragen om je te helpen. Jij hoeft zelfs geen stukje stof aan te raken.'

Massie merkte dat haar vriendinnen enthousiast begonnen te raken.

'Alicia, jij zei laatst nog dat je wilde dat meer mensen zo gekleed gingen als jij. Als je dit wint, dan gebeurt dat.'

Dat was de eerste keer die ochtend dat Massie direct het woord richtte tot Alicia.

'Toen ik wegging bij Pia, hoorde ik haar T-shirts bestellen met "Het OCD-uniform maak jij!",' zei Massie. 'Die wil ze tijdens de modeshow uitdelen.'

'Het klinkt eigenlijk wel leuk,' zei Dylan.

'Je hebt meer dan twintig punten verdiend, Mass,' zei Kristen. 'Je hebt ons gered.'

'Het betekent ook dat we nog maar een paar weken hebben om al onze nieuwe kleren te dragen.' Alicia lachte.

'Nu we het daar toch over hebben, ik vrees dat ik de dingen terug moet vragen die ik je het afgelopen halfjaar heb geleend.' Massie knoopte haar drie sjaals vast. 'Ik móet iets nieuws hebben om aan te trekken.'

De meisjes knikten. Nu moest Massie alleen Olivia nog zien te lozen, en zorgen dat Derrington niet meer tussen haar vriendinnen kwam. Precies op dat moment begon Alicia's telefoon te trillen.

'Kijk, een bericht van Derrington.' Alicia hield het schermpje schuin voor Olivia. 'Hij wil weten hoe het gaat.'

'Wat schattig.' Olivia zwiepte haar lange, blonde haar over haar schouder.

Kristen en Dylan reageerden instinctief – ze wilden elkaar aankijken en met hun ogen draaien, maar keken weg toen ze zich herinnerden dat ze niet met elkaar spraken.

'Massie, hij vraagt of jij in de buurt bent,' zei Olivia, die naar het schermpje keek.

Waarom is het Cam niet?

'Massie, hij wil dat ik je bedank voor het feest,' gaf Alicia door. 'Hij vond het geweldig.'

'Hij heeft me al bedankt, dus zal ik deze maar op jouw rekening zetten?' Maar Massies slimme reactie ontging Alicia. Zij was druk aan het sms'en en giechelen met Olivia.

'Hij is echt lief.' Alicia klapte haar mobieltje dicht. 'Ik weet zeker dat hij een van jullie heel gelukkig maakt.'

'Dat kan wel wezen, maar ik hoef jouw afgelebberde afdankertjes niet,' zei Kristen. 'Ik ga beginnen aan mijn ontwerp.'

'Ik ook,' zei Dylan. 'Ik denk dat ik iets maak wat aan twee kanten draagbaar is. Dan lijkt het alsof we twee uniformen hebben, in plaats van een.'

'Dat ging ik doen,' zei Kristen. 'Jij hebt gehoord wat ik na de bijeenkomst zei, of niet soms?'

'NIET WAAR! schreeuwde Dylan. 'Ik heb niet eens naar je geluisterd vandaag.'

Massie draaide met haar ogen en pakte haar boeken bij elkaar. Gelukkig was niemand kwaad op háár. Ze wist dat ze iets zou bedenken om het goed te maken, zodat ze weer dikke vriendinnen konden zijn. Daar had ze alleen wat tijd voor nodig.

De bel ging en de meisjes gooiden hun bekertjes in de dichtstbijzijnde afvalbak.

'Wat ga je ontwerpen?' vroeg Dylan aan Massie.

'Dat ga ik onder Geschiedenis bedenken,' zei ze. 'Ik krijg meestal de beste ideeën tijdens die les.'

Het leek alsof iedereen gevallen was voor de slordige look van Derrington, behalve Massie. Hoe was het mogelijk dat iemand een jongen leuk vond die altijd een korte broek droeg, zelfs in de winter? Zijn knieën waren voortdurend paars van de kou. Wat Massie betrof, kon liefde nooit zó blind zijn. Nee, dan Cam. Die maakte een statement met zijn versleten motorjack. Het was een van de vele dingen die hij had geërfd van zijn oudere broer, Harris, die in de bovenbouw van Briarwood zat. Cams voorliefde voor The Strokes, de *Godfather*-films en voetbal waren ook krijgertjes van Harris. Maar hij gaf het meeste om het jack. Het veel gedragen leer was gebarsten en zat vol olievlekken, maar Massie kon door de viezigheid heen kijken. Het vintage jack was een perfecte mix van ruig en zacht. Als Cam zelf.

Bean was het enige levende wezen dat van Massies verliefdheid wist. En als ze zag hoe Kristen en Dylan vochten om een jongen: brrrr. Het was niet eens zeker of hij op een van hen viel. Voor nu moest ze een smoes bedenken om contact te maken met Cam, zonder iemand anders erbij.

Na school vond ze zijn e-mailadres in de map met gedelete mails. Ze was blij dat ze zijn reactie op de uitnodiging niet uit haar computer had gekieperd.

Na twintig minuten tikken en schrappen, kwam ze uiteindelijk op:

HÉ, CAM,
HEB JIJ TOEVALLIG EEN PAAR SCHEENBESCHERMERS LATEN LIGGEN NA HET HALLOWEENFEEST? RENNY WHITE WAS OOK VERKLEED ALS EEN VOETBALLER, MAAR IK WIL HEM NIET BELLEN, WANT HIJ KLINKT ALS SNUFFY EN IK MOET ALTIJD OM HEM LACHEN ALS IK MET HEM PRAAT

Massie las het mailtje drie keer voordat ze het verstuurde. Ze hoopte dat Cam niet echt zijn scheenbeschermers was verloren, want zij had ze niet.

Haar mailprogramma gaf meteen een belletje, en haar hart sloeg even over. Cam had geantwoord. Massie deed een dikke laag lipgloss op en woelde haar haar in model voordat ze de mail opende.

MB
HEB MIJN SCHEENBESCHERMERS. THNX. DIE BESCHRIJVING VAN RENNY: LOL. DAT DENK IK OOK ALTIJD. HÉ, ZE ZEGGEN DAT OCD OVERGAAT OP UNIFORMEN. WAAR? OOK GEHOORD DAT HET JOUW SCHULD IS. ZO JA, DAT IS ENORM COOL. IK HOU WEL VAN HERRIESCHOPPERS.
C

'O, Bean.' Massie snakte naar adem terwijl ze haar hondje op schoot zette. 'Hij zegt zo ongeveer dat hij me leuk vindt! Wat moet ik nou?'

Massie sprong van haar stoel en ijsbeerde door haar kamer met Bean in haar armen.

'Ik kan het niet hierbij laten. Het kan weken duren voordat ik hem weer spreek. Straks vergeet hij me.'

Massie voelde zich niet alleen, dankzij het gehijg van Bean. 'Kon je maar praten. Maar als je kon praten, zou ik je niets vertellen, dus het is misschien maar beter zo.'

Massie ging weer aan haar computer zitten en deed wat ze moest doen.

HET IS EEN GEWELDIG VERHAAL. BEL ME ALS JE HET WILT HOREN. ZO NIET, TOT SNEL.
MB

Massie was trots op wat ze had geschreven. Het was een uitnodiging om haar te bellen, en tegelijkertijd leek het alsof ze het niet erg vond als hij het niet zou doen.

Een paar seconden later rinkelde haar mobieltje.

'Hé, Massie?'

Het was Cam.

'Ben je aan het eten?' vroeg Massie. 'Ik hoor je kauwen.'

'Mentos.'

'Vruchtensmaak?'

'Ja,' zei Cam. 'Hoe weet jij dat?'

'Die heb je toch altijd.'

Massie zat zo barstensvol energie dat ze het uit wilde schreeuwen. Ze hield op met ijsberen, maar alleen om op haar computer een snelle blik te werpen op wat ze kon vinden over *The Godfather*. Je wist maar nooit of hij het daarover zou hebben (*een film uit 1972, geregisseerd door Francis Ford Coppola...zzz...zzz... zzz...*). Gelukkig gebeurde dat niet.

Ze kletsten over hun lessen, hun families en hun favoriete websites. Hij vroeg haar zelfs hoe het was om 'het nieuwe meisje' voortdurend om haar heen te hebben, en hij zei dat hij 'helemaal met haar kon meevoelen', toen zij vertelde hoe vervelend dat was. Ze kletsten zevenendertig minuten, en er viel maar twee keer een ongemakkelijke stilte. Hij beloofde dat hij een mix zou maken van al zijn favoriete Strokessongs. Als zijn moeder hem niet had geroepen voor het eten, zouden ze de hele avond hebben kunnen praten.

Toen Massie ophing, spatte ze bijna uit elkaar. Ze hadden geen echte afspraak gemaakt (ègh!), maar Cam had beloofd dat hij haar weer zou bellen, en Massie geloofde hem.

'Bean!' Massie knuffelde haar hond. 'Kon ik maar vrienden zijn met mezelf, dan had ik iemand om mee te springen.'

Massie deed haar rolgordijnen dicht, zodat Claire niet in haar kamer kon kijken, en sprong op haar bed. Ze maakte twee sprongen en liet een hard 'jieieiehaa' horen, maar daarmee had ze haar overwinningsdans wel gehad. Het voelde stom om dit in haar eentje te vieren.

'Als je in deze kamer wilt werken, dan moet je je spullen daar-achter neerzetten.' Massie wees naar de bruine suède bank, helemaal aan de andere kant van de woonkamer. 'Dan werk ik hier achter.'

Claire vond het allemaal best. Ze liep naar haar bank en gooide de inhoud van haar plastic tas op de roomkleurige vloer-bedekking. Dit was Claires grote kans om samen met Massie te zijn, en wie weet, als alles goed ging, zou ze aan het eind van de avond misschien wel ín zijn.

'En, wat is jouw idee voor het uniform?' Claire vond het vreemd om te praten met een meubelstuk tussen hen in.

'Je denk toch niet dat ik dat ga vertellen?' beet Massie haar toe. Ze zei het niet op een gemene manier, zoals 'Je denkt toch niet dat ik dat aan jóu ga vertellen?' Het klonk alsof ze het aan níemand zou vertellen.

Zodra Pia die ochtend de wedstrijd had aangekondigd, was iedereen geheimzinnig en achterdochtig geworden. Wc's werden gebruikt als telefooncellen door meisjes die privacy wilden heb-ben terwijl ze hun 'contacten' raadpleegden. Het Café was zo goed als stil tijdens de lunch. Het was alsof iemand het geluid had uitgedraaid, terwijl er allerlei activiteiten gaande waren.

Claire dacht aan haar oude school in Orlando en voelde een steek van verdriet. Daar zou een ontwerpwedstrijd juist in teams gebeuren – heerlijk ideeën uitwisselen onder elkaar. Maar op OCD, waar de leerlingen de kinderen waren van directeuren, politici en beroemdheden, gaf niemand om creativiteit of team-geest. Winnen, dat was belangrijk.

Pia had ontwerpers en coupeuses gevraagd om lessen en workshops in patroontekenen en naaien te geven. Claire had zich overal voor ingeschreven. Ze had die extra uren werk er graag voor over. Als ze won, dan zouden ze niet langer over haar praten als 'het nieuwe meisje met die foute gympen'.

Na de eerste workshop koos Claire voor een sober en comfortabel uniform. Ze vond dat die opgedirkte OCD-meiden daar maar eens over moesten nadenken. Ze wilde een fluwelen rokje maken met een rijgtouwtje in plaats van een rits. En geen blazer, maar een trui met capuchon, met de feniks van OCD rechts boven de borst. T-shirts en gympen maakten de comfortabele look compleet. En natuurlijk zou alles in de kleuren van de school zijn, marineblauw en kastanjebruin. Zodra de tweedeklassers zouden wennen aan lekkere non-stresskleren, zouden ze haar eeuwig dankbaar zijn. Daar was Claire van overtuigd.

De meisjes werkten een halfuur lang zonder te praten. Het enige geluid in de kamer was afkomstig van scharen die door textiel knipten. Na een tijdje gluurde Claire over haar bank. Massie was haar paspop aan het opmeten. Ze droeg een rood trainingspak van Juicy Couture en haar haar was boven op haar hoofd vastgezet. Ze had zich al klaargemaakt om te gaan slapen en toch zag ze er mooi uit, vond Claire.

'Ik zie wel dat je naar me kijkt, hoor,' zei Massie, zonder haar hoofd om te draaien.

'Eh, ik keek alleen...'

'Claire, werk jij soms in een winkel?' vroeg Massie, terwijl ze de centimeter rond de taille van de paspop knoopte.

'Hè? Nee,' zei Claire.

'Waarom hou je me dan zo in de gaten?'

Claire liet zich terugzakken op de vloer achter de bank die

haar was toegewezen, en probeerde wijs te worden uit het patroon dat haar aanstaarde. Kon Layne haar maar helpen, maar die was samen met Eli aan het werk.

Layne had gevraagd of zij erbij wilde komen, maar Claire had beleefd bedankt toen ze hun plan hoorde. Layne ging Eli als model gebruiken.

'Echt waar?' had Claire gevraagd. Ze stonden in een winkel voor schildersartikelen te wachten tot Eli een schetsblok had uitgezocht.

'Claire, we worden beroofd van onze vrijheid van expressie met die uniformen. We worden gedwongen om er allemaal hetzelfde uit te zien,' legde Eli uit. Hij sloeg een Utrecht-schetsboek open en nam een vel papier tussen zijn duim en wijsvinger.

Claire deed erg haar best om op te letten, maar ze kon alleen maar naar de geschilferde, marineblauwe nagellak op zijn vingers kijken.

'Dus wij hebben besloten om dat idee verder door te voeren. Wij zeggen: dan moeten we er allemáál hetzelfde uitzien – ook de jongens,' zei Eli. Hij bekeek de prijssticker aan de binnenkant van het schetsblok en legde het terug op de plank.

'Briljant, toch?' Layne was duidelijk heel trots.

Claire kon op dat moment alleen supersarcastische opmerkingen verzinnen, dus propte ze haar mond vol met haar laatste winegums, zodat ze niets kon zeggen.

'Heb je gehoord dat Eli model is voor Layne?' vroeg Claire vanachter haar bank.

'No way!' schreeuwde Massie vanuit haar kant van de kamer. 'Wil ze dat echt?'

'Je bedoelt híj.'

'Nee, ik bedoelde zíj.' Massie grinnikte.

Claire lachte ook.

Pas nadat ze naar John Mayer, Beyoncé en No Doubt hadden

geluisterd, begon Claire de instructies op de patronen door te krijgen. Haar eerste knip was goed, en na verloop van tijd ontspande ze zich en begon er lol in te krijgen. Daarna vlogen de uren voorbij.

Claire keek trots naar de rok die ze had gemaakt, toen Massies mobieltje ging.

'Hé, Alicia,' zei Massie.

Claire vond dat Massie nogal koeltjes klonk en vroeg zich af of ze nog steeds boos was omdat Alicia haar geen gedag had gezegd na het feest.

'Zeg het 'ns,' zei Massie, terwijl ze het geluid van de stereo zachter zette. 'Ja, ik vind Derrington wel cool, geloof ik... Waarom...? Weet je nou al of hij Dylan leuk vindt...? En Kristen...? Zal hij dat ooit vertellen...? Enne, Cam...? Op wie valt hij?'

Claire hield op met naaien. Ze leunde tegen de achterkant van de bank en luisterde.

'Nee, ik ben niet op Cam.' Massie begon te ijsberen. 'Volgens mij ziet Olivia hem wel zitten, daarom vroeg ik het... Nou, ze zat hem anders behoorlijk achterna op het feest... Jij denkt dat Cam iemand leuk vindt?'

'Wie?' zei Claire, heel stilletjes.

'Wíe?' vroeg Massie. 'Nou, probeer dat maar te weten te komen... Luister, ik moet weer door, maar ik zie je morgen... Laat maar horen als je iets weet, oké...? Kee, bye.'

Claire zat met gebalde vuisten achter de bank. Haar maag zat in de knoop. Na het Halloweenfeest had Claire het gevoel dat Cam haar leuk vond. Nu werd dat bevestigd door Massies telefoongesprek! Ze zat te popelen om meer te horen.

'Zo te horen hebben Alicia en jij het weer goed gemaakt,' zei Claire.

'Nog niet officieel,' zei Massie. 'Maar zij weet alle roddels altijd als eerste, en ik moet op dit moment gewoon goed op de hoogte blijven, dus...'

'Waarom, wat is er aan de hand?'

'Dat wilde ze niet door de telefoon zeggen.' Massie klonk geïrriteerd. 'Ik zorg wel dat ze het morgen vertelt.'

'O.' Claire hoopte dat Massie haar teleurstelling niet kon horen. 'Succes. Hou me op de hoogte.'

Massie antwoordde met een gaap. 'Ik ben op, ik ga naar bed.'

'Ben je nu al klaar?' Claire keek naar de wirwar van naalden, garen en stukjes stof om haar heen. Zij had zeker de hele week nodig om het af te maken! Ze voelde de paniek toeslaan. Waarom was ze hier eigenlijk aan begonnen? Ze had geen schijn van kans.

'Nee, ik moet de details nog doen, maar dat kan morgen na school. Laten we hier afspreken, kee?' vroeg Massie.

'Goed, zie ik je na school,' zei Claire en ze glimlachte. Plotseling wist ze waarom ze eraan begonnen was. Op de een of andere manier vond Massie het niet vervelend om Claire om zich heen te hebben als ze aan het werk waren. En dat wilde Claire niet opgeven. Ze vroeg zich niet eens af waarom Massie ineens was veranderd; ze was alleen maar blij dat het was gebeurd.

'Ik stop al mijn spullen in een vuilniszak en die zet ik bij de deur. Doe jij dat ook maar.' Massie begon restjes ongebruikte stof op te vouwen. 'Tenzij je graag wilt dat ik vannacht stiekem naar jouw ontwerp kijk, natuurlijk.'

'Helemaal niet. Geef mij ook maar een vuilniszak.'

In feite zat Claire er niet mee als Massie naar haar probeersel zou kijken. Ze zou het zelfs wel leuk vinden. Het was de eerste keer dat ze zelf iets had gemaakt, en ze vond het resultaat niet eens zo slecht. Maar Massie wilde het zo, dus zette Claire haar zak bij de deur en deed het licht uit.

Ze rende terug naar het gastenverblijf. Niet omdat ze bang was dat er psychopaten achter haar aan zaten, maar omdat

Massie eindelijk aardig tegen haar was, en omdat Cam stiekem op iemand was. Claire wist gewoon dat zij degene was die hij leuk vond. Dat alles maakte haar aan het rennen.

Massie liep met gezwinde pas door de gangen, voorbij de bordjes met 'Modellen gevraagd' en de glimmende posters met 'Modeweek op OCD'. Iemand had er met rode lippenstift 'weg ermee' onder geschreven. Maar Massie had geen oog en geen tijd voor dat soort protesten. Ze moest zo snel mogelijk Alicia zien te vinden, die, om duistere redenen, haar telefoon niet aannam.

Massie voerde het tempo op. Ze rende. Het enige wat haar te doen stond, was erachter zien te komen of Cam haar echt leuk vond. Dan kon ze eindelijk wat van die waardevolle 'ervaring met jongens' opdoen, waarover Alicia laatst zo had opgeschept. Maar Alicia was in geen velden of wegen te bekennen.

Na tien zenuwslopende minuten besloot Massie haar zoektocht voorlopig te staken. Ze wilde niet te laat komen voor de FIT (Fashion Inspiration Trip) van die dag, anders zou ze een bezoek aan de ontwerpstudio van Cynthia Rowley mislopen. Massie ging naar buiten, rende naar de parkeerplaats en stormde de bus binnen. Daar rook het naar tonijnsandwiches.

Massie liep snel naar Kristen.

Haar oude spijkerrokje was omhooggekropen. Ze trok het naar beneden toen niemand keek. De suède zakjes die ze er die ochtend had opgenaaid, zagen er goed uit. Dat had haar al zes complimenten opgeleverd. Ze had zelfs een paar namen van websites verzonnen als mensen vroegen waar ze het rokje had gekocht. Zij was de enige die wist dat de zakjes stukjes suède waren uit het rokje dat Todd verpest had met grapefruitsap.

'Kristen,' hijgde Massie. 'Weet jij waar Alicia is? Ze neemt haar telefoon niet op.'

'Nee.' Kristen keek op haar Coach-horloge, zoals altijd als ze een vraag niet kon beantwoorden. 'Volgens mij is ze nog niet terug van de *sample sale*.'

'Daar zou ze toch al om acht uur naartoe gaan?'

'Ja, maar Olivia was absent bij wiskunde, dus ik denk dat ze nog steeds in de City zijn – op zoek naar ideeën voor het uniform,' zei Kristen.

'Is ze naar de City gegaan met Olivia?' vroeg Massie.

'Ja, ik dacht dat jij dat wist.'

Massie schudde haar hoofd.

Om haar heen viel alles stil, terwijl in haar lichaam een groot vuurwerk aan de gang leek. Normaal gesproken wist ze altijd waar Alicia was. Nu wist ze alleen dat ze niets wist.

Ondanks het gegons in haar oren, hoorde ze een zenuwachtige stem die zei: 'Heeft iemand Massie Block gezien?' De stem klonk bezorgd. 'Het is een noodgeval.'

Massie kon niet geloven dat ze binnen een paar seconden een 'noodgeval' te verwerken zou krijgen.

'Dit is een waardeloos jaar,' zei ze tegen Kristen.

'Ja, en het wordt nog erger,' zei Kristen. 'Kijk maar wie er aankomt.'

'Dit geloof je niet.' Claire ging voor Massie staan. Het leek alsof ze het niet erg vond dat iedereen zat te wachten tot ze wegging, zodat zij konden vertrekken.

'Wat?' Massie draaide met haar ogen en probeerde verveeld te kijken. Ze keek snel even in de achteruitkijkspiegel. Ze zag er goed uit en ze was blij dat ze een vers laagje gloss had aangebracht voor ze de bus in stapte.

'Onze uniformen zijn weg!' jammerde Claire. Er kwam een druppeltje spuug op haar lippen.

'Hoe bedoel je, weg?' Massie trok Claire naar een plek waar niemand zat, zodat ze wat meer privacy hadden.

'Ikwildemijnuniformvanmorgenaanmijnmoederlatenziendusgingikmijnvuilniszakophalenentoen...'

'Ho, ho,' snauwde Massie. 'Ik begrijp niet wat je zegt.'

'Inez heeft ze weggegooid! Ze dacht dat het afval was.'

'Wát? Néé! Waarom?'

'Omdat we ze in vuilniszakken hadden gestopt!' schreeuwde Claire. 'Jij vertrouwde me niet, weet je nog. Je was bang dat ik jouw meesterwerk zou zien. Nou, dat meesterwerk van je is nu waarschijnlijk onderweg naar de vuilverbrandingsoven in Peekskill.'

Massie vroeg zich af hoe Claire, een meisje uit Orlando, wist dat de vuilnis in Westchester verbrand werd in Peekskill, maar ze was te overstuur om dat te vragen.

Haar kans om beroemd te worden met een stijlrevolutie op OCD was bekeken.

Massie vond het ineens heel zielig voor het witte tennisrokje waaraan ze de halve nacht had gewerkt. Dat lag zich waarschijnlijk achter in een stinkende vuilniswagen af te vragen hoe het tussen rotte eieren en poepluiers terecht was gekomen. Hoe meer ze erover nadacht, hoe meer medelijden ze had met iedereen: haar moeder, die na school was meegegaan om stof te kopen; haar trotse vader, die had gepopeld om het meesterwerk van zijn dochter te zien; Bean, die haar avondwandeling had opgeofferd; en zelfs haar paspop, die de hele avond niet van haar zijde was geweken terwijl ze aan het werk was. Ze overwoog om medelijden te hebben met Claire, maar daar was geen plaats meer voor. Ze zat vol.

Claire snifte en veegde met haar hand langs haar vochtige neus. 'Het was het eerste wat ik ooit heb gemaakt. En het was behoorlijk goed.'

'En ik stond op het punt om geschiedenis te schrijven,' zei

Massie, alsof haar verlies tien keer groter was dan dat van Claire.

'Jij werkt heel snel,' zei Claire. 'Het lukt je waarschijnlijk nog wel voor zaterdagavond.'

'Dat is over vier dagen! Zit ik soms op een bezemsteel?'

'Nee.'

'Waarom denk je dan dat ik kan heksen?'

Claire lachte. Massie lachte terug. Ze had deze grap eerder uitgeprobeerd op Dylan en Kristen, maar die begrepen hem niet.

'Als we het samen doen, kunnen we misschien...'

'Vergeet het maar,' onderbrak Massie haar. 'Ik wil alleen de geschiedenis in.'

'Mmmm,' zei Claire.

'Wat?' Massie pakte haar haar in een paardenstaart en liet het toen weer op haar schouders vallen.

'Ik dacht alleen... Ach, vergeet het maar. Dat doe je nooit.'

'Wát?' snauwde Massie.

'Zou je het niet helemaal te gek vinden om voor de journalisten van *Teen People* op het podium te staan in een splinternieuwe outfit als je jouw, ik bedoel, onze creatie presenteert?'

'Ke-lèèr, ik ga dit never nooit met...' Massie viel stil. Ze boog zich naar Claire en fluisterde: 'Bedoel je dat de weddenschap over is als wij het samen gaan doen?'

Pas op dat moment zag Massie dat Claire zeker een paar centimeter langer was dan zij. Ze keek omlaag en zag dat ze zwarte Capezio dansschoenen aanhad met hoge hakken en *witte sportsokken*. Ze geloofde het bijna niet, maar op dat moment miste Massie de plateaugympen.

'Yep,' zei Claire. 'Dan is de weddenschap van de baan.' Ze verschoof haar gewicht van haar linkervoet naar haar rechtervoet. 'Op voorwaarde dat we het echt samen doen. Niet zoals je het hebt gedaan met het Halloweenfeest. Deze keer moet je het willen.'

'Mmmm.' Massie tikte haar gemanicuurde nagel tegen haar onderlip. 'Even... denken.'

Claire zuchtte ongeduldig.

'Kee, afgesproken!'

Claire keek helemaal blij.

'Maar ik doe het alleen voor de mode,' zei Massie. 'En natuurlijk voor onze moeders.'

Claire baande zich een weg de bus uit en stuiterde het trapje af. Ze rende de hele weg terug naar de klas op haar tenen om te voorkomen dat ze haar enkels zou verzwikken. Haar blonde haren sloegen in haar gezicht, maar ze deed er niets aan. Het leek haar niet te deren.

Op dat moment keek Massie naar Claire alsof ze haar voor het eerst zag. En op een bepaalde manier was dat ook zo.

Todd Lyons stoof de bus van de Briarwood Academy uit onder een regen van sapkartonnetjes. Hij raapte er eentje op en gooide het naar binnen, voordat de chauffeur de deur kon sluiten.

'Die is voor jou, Dick!' zei Todd. Hij klapte dubbel van het lachen.

'Ik heet Richard!'

Massie keek vanachter een dikke eik op het gazon aan de voorkant van het huis toe hoe de bus optrok. Ze had met Bean gewandeld en was niet in de stemming voor Todd. Ze was achter de boom gevlucht en had besloten te wachten tot hij binnen was.

Hij kwam de oprijlaan op lopen, steeds schoppend tegen de witte kiezels onder zijn voeten. Bean werd zenuwachtig van het geluid.

'Ssst.' Ze hield haar hand voor de bek van de hond.

Todd was bijna bij het gastenverblijf, toen de bus weer stopte. De remmen sisten en de deuren piepten. Er stapte iemand uit.

'Hé, Todd, wacht even.'

Massie stak haar hoofd achter de boom vandaan om te zien wie het was.

'Tódd!'

'Cam?' zei Massie tegen Bean. 'Oooo, hélp!'

Cam rende over de oprijlaan naar Todd. De twee stonden stil en zeiden iets tegen elkaar. Massie dook achter een andere boom, in de hoop dat ze kon horen wat ze zeiden als ze iets dichterbij kwam. Er was genoeg gras tussen Cam en haar om minstens twintig radslagen te maken. Ze kon geen woord verstaan van wat ze zeiden. Ze kon zijn Drakkar Noir niet ruiken, ze kon niet in zijn blauwe of in zijn groene oog kijken, en ze kon niet zien wat voor trui hij onder zijn leren jack droeg. Wat ze wel zag, was dat zijn kleine kontje er wáááánzinnig goed uitzag in zijn donkere Diesel jeans.

Ze zag hoe Cam zijn schouder liet zakken, zodat zijn groene pukkel eraf gleed en op de grond viel. Hij ging op zijn hurken zitten en graaide door zijn tas, totdat hij had gevonden wat hij zocht: een cd-hoesje, zo te zien met een hoop elastiekjes erom. Hij trok het uit zijn tas en gaf het aan Todd. Die stopte het meteen in zijn rugzak.

Cam sloeg Todd vriendschappelijk op zijn schouder en rende terug naar de straat. Todd keek hem na en zwaaide, net zo van hem onder de indruk als Massie.

Ze wachtte tot Cam een eindje weg was en sprong toen achter de boom vandaan. 'Todd,' riep Massie. 'Heb je een leuke dag gehad?'

'Nu wel, schatje,' zei hij. 'En jij?'

'Dat was toch Cam Fisher?' Massie wierp een snelle blik op zijn rugzak. Ze hoopte iets te kunnen zien, maar de rits was dicht.

'Ja.' Todd liep langzaam verder naar het gastenhuis, en Massie liep met hem mee.

'Wat deed híj hier?' Massie dacht: als ik net doe alsof ik het vervelend vind, merkt Todd niet dat ik Cam leuk vind.

'Zomaar,' zei Todd. 'Hé, heb je zin om bij mij Tony Hawks Underground te spelen?'

'Lijkt me enig, maar ik moet Bean in bad doen.' Massie zette de hond op de grond en wapperde met haar hand voor haar neus. 'Het is alweer een tijd geleden, en ze begint te stinken naar voeten.'

'Ik help je wel.' Todd boog zich om Bean te aaien, maar het

hondje rende weg en verborg zich achter Massies benen.

Massie hield het spel niet langer vol. Ze wist dat Cam iets voor haar had afgegeven, en dat wilde ze hebben. Todd hield Cams liefdescadeau waarschijnlijk uit jaloezie in zijn tas.

'Lieve Todd.' Massie legde haar hand op zijn schouder en ze stonden stil. Ze keek hem boos aan met haar amberkleurige ogen, tot er zweetdruppels verschenen op zijn bovenlip. 'Ik weet wat er in je tas zit, en ik wil het hebben.'

'Wat?' Todd greep de riemen van zijn rugzak met beide handen vast.

'Geef het nou maar gewoon.'

'Wil je het hebben?' vroeg Todd.

'Ja.'

'Echt waar?'

'Já!'

'O-kee-hee.' Hij liet de rugzak van zijn schouder glijden en ging dichter bij Massie staan.

Ze voelde haar handen klam worden.

'Ben je er klaar voor?' vroeg Todd.

'JA!' zei ze.

Todd ging op zijn tenen staan, boog voorover en drukte zijn lippen op die van Massie.

'Blèègghh!' gilde ze.

Bean blafte.

Massie veegde haar mond af met de mouw van haar goud-satijnen bomberjack. Ze pakte Bean op en zag hoe het tienjarige mormeltje zich uit de voeten maakte.

'Kom hier,' schreeuwde Massie.

'Wil je meer?' Hij keek achterom en knipoogde.

'Nee, ik wil wat Cam je heeft gegeven,' zei Massie.

'Medal of Honor?' vroeg Todd. 'Sinds wanneer vind jij video-games leuk?'

'Heeft Cam je een videogame gegeven?' Massie geloofde hem niet.

'Yep, ik moet ervandoor. Ik bel je nog wel.' Todd zwaaide. 'We gaan een ander keertje wel verder bij waar we gebleven waren.'

'Daar zou ik niet op rekenen.'

En toen was hij verdwenen. Hij vertrok met veel meer dan Cams cadeau. Want op 6 november, om zeventien over vier precies, had Todd Lyons Massie Blocks eerste zoen gestolen. En die zou ze helaas nooit terugkrijgen.

De handvatten van de draagtasjes sneden in Massies handen – ze vond de pijn heerlijk. De paarsige groeven in haar handpalmen waren als eremedailles, een bewijs dat het shoppen geslaagd was. En een herinnering dat ze weer terug was waar ze hoorde, na een gruwelijke verbanning die vijftien dagen had geduurd.

Alicia, Kristen en Dylan tilden zich een breuk aan tasjes van Coach, Lacoste en Guess?, maar Massie had er meer.

'Waarom hebben ze geen winkelwagentjes in de mall,' kermde Dylan. 'We zouden zoveel meer kunnen kopen als we niet alles zelf hoefden te dragen.'

'Misschien moeten we een sherpa huren voor het shoppen.' Massie zette haar voet op een bankje en liet de tassen op haar knie rusten. 'Je weet wel, zo'n klein, sterk kereltje dat ons achternaloopt als we gaan shoppen en alles draagt wat wij kopen.'

'Dat heet een vriendje,' zei Alicia. 'Ik ben ermee bezig.'

Iedereen giechelde, maar Massie lag in een deuk. Ze had Alicia's divagedrag gemist, en was dolblij dat Leesh terug was waar ze hoorde, zonder Olivia.

'Waar is Olivia eigenlijk?' vroeg Massie. Ze deed haar best om geïnteresseerd te klinken.

'Ze heeft dansles op vrijdagavond,' zei Alicia.

'Dat ze daar naartoe is gegaan! De avond voor de modeshow. Jeez, wat zul jij je rot voelen. Je had natuurlijk willen oefenen, toch?'

'Het is geen probleem, hoor. Ze logeert bij me,' zei Alicia.

'O.' Massie wist niet waar ze moest kijken.

'Kunnen we even bij A&F naar binnen?' Kristen ging alvast vooroplopen.

'Abercrombie heeft echt niets wat leuk genoeg is voor de modeshow, hoor,' zei Alicia.

'Weet ik, maar ik wil hun nieuwste tas voor aan de muur van mijn kamer.' Kristen wees naar de poster van een gebeeldhouwde figuur: half man, half airbrushmodel, en slaakte kreetjes uit. 'Hem wil ik hebben.'

'Dus je slaapt vannacht niet bij mij thuis?' vroeg Massie aan Alicia. Ze ging door de rekken met wollen vesten en spijkerjacks, en probeerde nonchalant te klinken.

'Ik ben dus helemaal vergeten dat het vrijdag is vandaag,' zei Alicia. Het lukte haar om Massie niet aan te kijken. Ze draaide zich naar Kristen en Dylan, die aan weerszijden van een tafel met T-shirts stonden. 'Gaan jullie?'

'Sowieso,' zei Dylan.

Kristen knikte.

'Moeten jullie je uniformen niet afmaken?' vroeg Alicia.

'Dat gaan we bij Massie doen,' zei Kristen.

Alicia schoof wat hangers heen en weer.

'Kristen, ik dacht dat jij vanavond naar voetbaltraining ging met Derrington.'

'Nee, dat is maandag.' Kristen fronste. 'Moet je dat zo rondbazuinen?' Ze wierp een snelle blik op Dylan, die eerst rood werd van kwaadheid, en daarna groen uitsloeg van jaloezie. Haar gezicht had dezelfde kleur als haar haar.

'Ga jij maandag voetballen met Derrington?' Dylan pakte een T-shirt en hield het voor zich, alsof ze wilde zien of het haar maat was, maar ze gooide het terug zonder ernaar te kijken.

'Ja, ik heb beloofd dat ik hem het komende seizoen meeneem naar een eredivisiewedstrijd, als hij me helpt met het oefenen van mijn traptechniek.'

'Het klinkt meer alsof je wilt scoren,' zei Dylan.

Massie werd niet goed van hun voortdurende gekibbel. Als ze nou bij Louis Vuitton of Sephora waren, kon ze tenminste rondkijken, maar bij Abercrombie? Yuk! Het enige modieuze in de hele winkel was zijzelf.

'Hij zal het me vast allemaal vertellen als we woensdag in de auto naar de City rijden,' zei Dylan.

'Hoe bedoel je?' vroeg Kristen. 'Je gaat toch niet midden in de week met Derrington naar de City? We moeten de volgende dag naar school.'

'Ja, hoor. We gaan naar de verjaardag van Tommy Hilfiger in de Four Seasons. Mijn zussen en mijn moeder nemen ook iemand mee, dus ik heb Derrington gevraagd, en hij zei ja,' zei Dylan. 'O, ja, nu ik toch hier ben, ik moet een lange broek voor hem meenemen.'

'Het lijkt erop alsof hij jullie allebei gebruikt.' Massie liet haar vingers over een wijde cargobroek glijden. 'Gèt! Het is net de Gap hier. Kunnen we alsjeblieft vertrekken, voordat ik ga vinden dat ze hier leuke kleren hebben?'

'Wacht even, Massie, wat bedoel je met "gebruikt"?' zei Dylan.

'Ze heeft gelijk,' zei Alicia. 'Hij krijgt nog meer dan een kind met net gescheiden ouders. Kristen, jij hebt de afgelopen week bijna al zijn huiswerk gedaan, en Dylan, jij hebt hem alle dvd's en games gegeven die je moeder had meegenomen van haar werk. Wat heeft hij eigenlijk voor jullie gedaan?'

'Nou, als je maar niet denkt dat hij míj gebruikt!' Kristen liep boos naar achteren.

'Joepie, nu komen we nooit deze winkel uit.' Massie pakte een wit kanten hemdje van een plank. 'Dan kan ik dit net zo goed even passen.'

Alicia rukte een jeansrokje van een hanger en liep achter

Massie aan naar de paskamers.

Kristen ging snel door het rek met afgeprijsde dingen, maar stopte bij een chocoladebruin, corduroy plooirokje.

'Dit is toch best leuk?' zei Kristen. 'En nog afgeprijsd ook!'

'Niet, dus.' Dylan stond voor Kristen met hetzelfde rokje in haar handen. 'Iemand heeft het per ongeluk hier gehangen, want voor in de winkel hangen er een heleboel.'

Kristen keek naar het rokje dat Dylan vasthield, en daarna recht in haar groene ogen. 'Jij gaat dat toch niet kopen?'

'Waarschijnlijk wel,' zei Dylan.

'Als je maar weet dat ik het aantrek naar de modeshow morgenavond.'

'Nee, hoor, dat doe ik al,' zei Dylan.

Massie kwam de paskamer uit en propte het ongewenste hemdje onder een stapel fleecebroeken.

'Ik heb een idee. De een mag het rokje hebben, en de ander Derrington. Kunnen we nu gaan? Ik wil naar Versace Jeans, voordat de mall dichtgaat.'

'Nu we het daar toch over hebben, Kristen heeft mijn idee gejat voor een tweezijdig uniform,' zei Dylan. 'Wie van ons krijgt welke kant?'

'Jeez,' zei Kristen. 'Het was niet jouw idee. Trouwens, we weten allemaal dat de stylist van je moeder jouw uniform maakt.'

'Dat is vals spelen! Je mag geen professional inhuren,' zei Alicia toen ze de kleedkamer uit kwam. Ze gaf het jeansrokje en haar creditcard aan een verkoopster die voorbij kwam lopen. 'Kunt u dit in orde maken? Ik wacht hier wel.'

De verkoopster griste de kaart uit Alicia's handen en liep nijdig weg.

'Als het aan mij ligt, is dat idee van geen van jullie twee,' zei Massie.

'Waarom niet?' vroegen Kristen en Dylan in koor.

'Omdat het een stom idee is. Als een van jullie wint, moet ik de rest van mijn leven in een tweezijdig uniform lopen.'

De verkoopster kwam terug met Alicia's creditcard en haar rokje. 'Als u hier even wilt tekenen, meneer Antonio Rivera,' zei ze grijnzend.

'Eindelijk.' Massie zuchtte. 'Ik heb een idee.' Massie keek naar de zijden topjes, maar ze sprak tegen Kristen en Dylan. 'Ik stel voor dat jullie dat idee in de prullenbak gooien en mijn modellen worden.'

'Mij best,' zei Kristen. 'Ik heb gisteravond per ongeluk het rokje aan mijn pyjamabroek vastgenaaid. Ik zit liever in een team dat kans heeft om te winnen.'

'Doe jij dat maar, dan neem ik Derrington,' zei Dylan.

'O MY GOD!' zei Alicia. 'Hou toch op over die gast. Jullie worden gebruikt.'

'Misschien dat hij Kristen gebruikt, maar hij vindt mij leuk,' zei Dylan.

'Nee, hij gebruikt jullie alle twee – ik zal het bewijzen.' Alicia plofte neer op de witleren bank voor de paskamers en trok haar mobieltje te voorschijn. 'Kom bij me zitten.'

Kristen en Dylan deden wat hun werd gezegd en gingen aan weerszijden van Alicia zitten.

'Luid en duidelijk graag.' Massie was op weg naar de paskamer met armen vol kleren. 'Dit wil ik niet missen.'

'Let op,' zei Alicia. 'Kris, jij hebt toch maandagavond een afspraak met hem?'

'Yep.'

Alicia ging op het puntje van de bank zitten en tikte een sms'je voor Derrington. De meisjes gingen dicht tegen haar aan zitten om te zien wat ze deed.

ALICIA: ? DOEJE MDAG NA SCHOOL?
DERRICK: VOETBALLEN U?

Kristen straalde trots toen ze zijn antwoord zag. 'Zie je wel?' zei ze.

ALICIA: OUDERS ZIJN WEG
DERRICK: COOL
ALICIA: HEB EEN BUBBELBADFEEST
DERRICK: MET WIE?
ALICIA: MIJ
DERRICK: TIJD?

'Hoe laat zouden jullie gaan voetballen?' vroeg Alicia aan Kristen.
  'Halfvijf,' zei Kristen. Haar glimlach verdween.

ALICIA: 16.30
DERRICK: IK BENNUR

'Nu weten we het wel.' Dylan deed wat lipgloss op. 'Het is duidelijk dat hij je niet echt leuk vindt.'
  Alicia draaide zich naar Dylan. 'Hoe laat is jullie afspraak op woensdag?'
  'Zes uur,' zei Dylan. 'Hoezo?'
  Alicia antwoordde niet.

ALICIA: SORRY, FOUTJE. BUBBELBADFEEST OP
WOENSDAG 18.00. OOK COOL?
DERRICK: WIL HET NIET MISSEN

'Dit is, lieve vriendinnen, een typisch voorbeeld van een stomme zak.' Alicia gooide haar mobiel in haar Prada-tas en stond op om te zien hoe ver Massie was. 'Je kunt een gozer uit een Halloweenkostuum halen, maar je kunt het Halloweenkostuum niet uit de gozer halen.'

Massie haastte zich uit de paskamer. Ze wilde de reacties van Dylan en Kristen niet missen.

De meisjes zwegen. Ze konden elkaar niet eens aankijken. Kristen sloeg onrustig haar benen over elkaar – rechts over links, links over rechts, en Dylan pakte een handje pepermuntjes uit een zilveren schaaltje dat op de salontafel voor hen stond.

'Ik begrijp er niets van,' zei Dylan. 'Hij vond het zo leuk om met mij naar de City te gaan.'

'Ja, net zo leuk als hij het vond om met mij te voetballen,' zei Kristen.

Dylan greep nog een handje pepermuntjes en schoof het schaaltje naar Kristen. Die schudde haar hoofd en glimlachte in dank.

'Ik lijk wel gek,' zei Dylan.

'Omdat je dacht dat Derrington je leuk vond?' vroeg Kristen.

'Nééé!' snauwde Dylan. 'Dat ik hem tussen ons in heb laten komen.'

'Ik weet het.' Kristen zette haar voeten naast elkaar en draaide zich naar Dylan. 'We moeten hem te grazen nemen.'

'Helemaal mee eens,' zei Dylan. Ze legde haar hand op haar borst en schudde langzaam met haar hoofd. 'Wat dachten we eigenlijk?'

'We dachten niet.'

'*Hug*?'

'*Hug*.'

De meisjes omhelsden elkaar en beloofden dat ze nooit meer zouden vechten om een jongen – zeker niet om zo'n gemene hond als Derrington.

'Komen jullie nou alle twee voor mij model lopen?' vroeg Massie. Over haar schouders hingen jeans in alle denkbare wassingen en over haar armen hingen felgekleurde topjes. 'We kunnen vanavond repeteren.'

'Betekent dit dat we aardig moeten zijn tegen Claire?' vroeg Kristen.

'Ik hoop van niet,' zei Dylan. 'Ik ben nog steeds boos op haar vanwege dat ge-msn via Massies computer.' Ze keek Massie aan. 'Ik geloofde helemaal dat jij vond dat ik dik was.'

'En dat jij vond dat we in shorts en maillots naar school moesten,' zei Alicia.

'Het is toch wel heel erg dat jullie dachten dat ik zulke berichten zou sturen,' zei Massie.

'Waarom moeten we dan aardig zijn tegen haar?'

'Omdat zij voor ons het garen in onze naalden gaat steken, aangezien zij geen nagels heeft,' zei Massie. 'Dus probeer haar niet boos te maken, anders moeten wij het zelf doen.'

'Kee.'

'Kee.'

Massie wachtte op het 'en kee' van Alicia, maar herinnerde zich toen dat zij niet in hun team zat.

'Trouwens, Alicia, mag ik jouw tas hebben?' Kristen staarde naar de zwart-witfoto van de Abercrombie-man die aan Alicia's arm schommelde.

'Tuurlijk, je mag het rokje ook als je wilt,' zei Alicia en ze gaf haar de tas. 'Ik vind het toch niet zo leuk.'

Ze wachtten bij de deuren van de hoofdingang op de chauffeur van Massie. Isaac kwam precies op tijd aanrijden in de Range Rover, net als altijd.

Tijdens de rit naar huis zongen ze met de radio mee en zaten ze te roddelen over vervelende meiden op school, net als altijd. Maar het was niet helemaal hetzelfde. Het was de eerste vrijdag sinds meer dan een jaar dat Alicia niet bleef logeren bij Massie.

De auto stopte voor het hek van Alicia's huis en Isaac hielp haar met haar tassen.

'Heel veel plezier. Ik zal jullie missen,' zei Alicia terwijl ze

uit de terreinwagen stapte. 'Ik vind het vreselijk dat ik in competitie moet met mijn beste vriendinnen van de hele wereld. Dit
is zó erg.' Ze trok haar gezicht in een fronsachtige grimas.

Maar Massie keek er dwars doorheen. Alicia's bruine ogen
schitterden en dansten iets te veel voor iemand die zo gekweld
was als zij beweerde.

Er was paniek achter de schermen. Sommige modellen hadden plankenkoorts, anderen weigerden simpelweg hun uniform aan te trekken, omdat ze vonden dat het hen dik maakte, of omdat zij zich niet wilden verkleden waar Eli bij was.

Claire stond bij de tafel met hapjes en drankjes chocoladeglazuur van haar vingers te likken.

Massie kwam aanlopen en pakte een flesje Smart Water.

'Het is zover,' zei ze. Ze zag er fantastisch uit. Haar anders zo steile haar was los en golvend. Ze zag eruit als een Frans model in haar nieuwe outfit: een doorzichtige bloes met roesjes en raglanmouwtjes en een beige hemdje eronder, en een perzikkleurig rokje dat bij elke stap ruiste en zwaaide. En ze droeg de zwarte baret al, terwijl ze hadden afgesproken dat die pas op mocht tijdens de show.

Claire had die outfit gezien in *Teen Vogue*, toen ze op zoek was naar ideeën voor haar ontwerp. De rok alleen al kostte 350 dollar.

'Je ziet er echt prachtig uit,' zei Claire. Ze keek omlaag naar haar nieuwe rode mocassins, en wilde dat ze schoenen met een klein hakje had mogen kopen van haar moeder.

'Dank je,' zei Massie. 'Wat is er met je hand gebeurd?'

'Donuts.' Claire schaamde zich.

'Nee, ik bedoel de pleisters.' Massie trok haar baret nog iets schever.

'O, ik heb een paar blaren van al die naalden waar ik garen

doorheen heb gestoken, maar het maakt niet uit. Het was heel gezellig,' zei Claire. 'Vooral de *fashion shoot*. Ik ga de foto's heel snel naar mijn vriendinnen in Orlando mailen.'

'Ja, we hebben gelachen, hè?' Massie klonk verbaasd. 'Ik kan niet geloven dat we tot vanochtend vier uur zijn opgebleven. Gelukkig zijn er espressomachines.'

'En Dylans winden,' zei Claire. 'Die hebben me uren wakker gehouden.'

Massie barstte in lachen uit. Claire lachte ook, en wreef toen in haar vermoeide, branderige ogen. Ze had zich in lange tijd niet zo goed gevoeld.

'Ze zijn eindelijk niet meer boos om die berichten die ik van jouw computer heb gestuurd,' zei Claire.

'Ja, en jij hoefde alleen maar hun uniformen te naaien en popcorn te maken, terwijl zij drie uur lang naar E! keken,' zei Massie.

'Het was het waard.'

'Wat doen jullie hier?'

Claire draaide zich om en zag een van de slijmerige assistentes van Pia aan komen lopen. Ze had een clipbord in haar hand en een walkietalkie aan de band van haar Sevens geklemd. 'Jullie horen bij haar en make-up te zijn.'

'Wij zijn geen modellen,' zei Massie. 'We zien er gewoon toevallig ge-wel-dig uit.'

'Nou, hier staat anders dat jullie modellenmantels hebben besteld.' Ze bladerde door de papieren op haar clipbord.

'Ja, omdat we niet willen laten zien wat we aanhebben,' legde Massie uit.

'Maar jullie presenteren alleen maar.' De assistente begreep er niets van.

'Dat dénk je maar,' zei Claire.

Claire en Massie repeteerden hun tekst voor de laatste keer, keken hoe het ging met Kristen en Dylan bij de make-up, en slopen toen naar het grote doek om door een spleetje naar het publiek te kijken.

Dankzij de dj stond de zaal al stijf van de muziek. De modeshow begon pas over een kwartier, maar alle stoelen waren al bezet.

'Bij de première van *Cats* op Broadway was het niet half zo druk,' fluisterde Massie tegen Claire, terwijl ze hun hoofd door de roodfluwelen gordijnen staken. 'Kijk, daar zijn de mensen van *Teen People*. Eerste rij, in het midden.'

'Jee, kijk dan hoeveel fotografen er zijn.' Claire beet op haar duimnagel.

Ook al was Claire enorm onder de indruk van al die mensen, ze wilde er maar één zien. Ze zocht in het publiek naar de bos warrig, zwart haar, de slungelige gestalte, en het bruinleren jack.

'Meisjes, jullie horen bij jullie modellen,' kraaide directrice Burns.

Claire had Burns nog nooit van zo dichtbij gezien. Met haar haakneus en haar kleine oogjes leek ze inderdaad op een buizerd.

'De show begint zo, en jullie moeten klaarstaan,' zei ze. 'Jullie moeten vliegen!'

De meisjes giechelden de hele weg. Onvoorstelbaar dat de Buizerd had gezegd dat ze moesten vliegen.

Iedereen stond klaar in volgorde van opkomst op het podium. Massie, Dylan, Kristen en Claire waren als laatste aan de beurt.

'Ik hoop niet dat het publiek intussen in slaap valt,' fluisterde Dylan.

De haarstylist had haar rode krullen één voor één met gloss behandeld, zodat ze glinsterden en sprongen. Haar van nature knettergroene ogen gloeiden op doordat een visagist van Bobbi Brown ze een smokey schaduw had gegeven.

'Wij hebben de beste plaats, geloof me,' zei Massie. 'Meteen na ons gaat het publiek stemmen. Dus als we de finale halen, heeft iedereen ons nog op het netvlies staan.'

'Wow, wat een geluk,' zei Claire.

'Geluk heeft er niets mee te maken,' zei Massie. 'Ik heb Pia gisteravond gebeld en gevraagd of wij als laatste mochten.'

'En ze zei gewoon ja?' Kristen hield haar nek doodstil terwijl ze sprak, om te voorkomen dat de blonde toren op haar hoofd zou instorten.

'Vergeet niet dat dit allemaal míjn idee was,' zei Massie. 'Het was wel het minste wat ze kon doen.'

De muziek hield op en het licht in de zaal werd gedoofd. Het was verrassend stil, op wat geluiden na van mensen die gingen verzitten en hun programma's dichtvouwden. Maar zodra directrice Burns de microfoon pakte klonk er een oorverdovend applaus. Het geluid deed Claire denken aan het geknetter van spek in een koekenpan.

De roze voetlichten sijpelden door de spleten in het gordijn en wierpen banen kleur over de meisjes die in de coulissen stonden. Claire keek vluchtig de rij langs – een heimelijke blik op de competitie.

Layne en Eli stonden naast elkaar. Ze zwaaiden heen en weer, en lieten hun schouders zachtjes botsen op een onhoorbaar ritme dat in hun hoofden moest zitten. Claire wilde ook een schouder van iemand voelen, en dacht onmiddellijk aan Cam.

'Succes,' fluisterde Layne toen ze Claire zag staren.

'Jij ook,' zeiden de lippen van Claire. Ze meende het echt. Ze had Layne gemist de afgelopen dagen, en ze wilde dolgraag dat de Modeweek voorbij was en het gewone leven weer door kon gaan. Ook al kon dat betekenen dat ze iets aan moest wat Eli straks ging showen.

Alicia en Olivia liepen over van zelfvertrouwen. Olivia's nieuwe neus was gepoederd tot in de perfectie, en haar blonde haar was kaarsrecht geföhnd en reikte tot haar billen. Ze had zwarte eyeliner rondom haar hemelsblauwe ogen, waardoor die nog priemender en scherper leken. Alicia was precies het tegenovergestelde. Haar donkere, volle gelaatstrekken waren juist zacht en warm, maar net zo krachtig. Ze was nog mooier dan Olivia, maar op een minder opdringerige manier.

Claire zag dat Kristen en Dylan zich druk maakten om elkaars haar. Ze vochten tegen de zwaartekracht om elk zijdezacht lokje op de juiste plek te houden. We gaan verliezen, dacht ze.

'Van harte welkom bij de Modeweek van OCD,' zei directrice Burns. 'Namens alle leerlingen, die de hele week erg hard hebben gewerkt, wil ik u allen bedanken dat u gekomen bent.'

Applaus.

'Voor...' ging ze verder, maar ze moest even wachten tot het applaus helemaal was verstomd. 'Voor we beginnen, wil ik graag...'

'Kííoe, kííoe,' riep iemand uit het publiek. De grappenmaker deed zijn best een buizerd te imiteren.

Na wat gegiechel, en streng gesis, ging Burns verder waar ze was gebleven.

'Ik wil graag de redacteuren van *Teen People* bedanken dat ze hier vanavond aanwezig willen zijn. Zoals u weet, selecteren zij twee finalisten, waarna jullie, de leerlingen van OCD, de uiteindelijke keuze mogen maken, want het OCD-uniform maak jíj!'

Denderend applaus.

'We...' Ze pauzeerde even voor een bescheiden kuchje, en hield haar hand op ten teken dat het stil moest zijn. 'We hebben de beschikking over een professionele fotograaf, die de show van vanavond zal vastleggen, en met een donatie van twintig dollar...'

'Kííoe, kííoe.'

De ene helft van het publiek moest lachen en de andere helft ging zenuwachtig verzitten.

Ze wachtte.

'Ik denk dat we gewoon moeten beginnen. Mobiele telefoons graag uit...'

Claire hoorde weer gelach, maar dit was afkomstig van Kristen en Dylan.

'Wat is er?' zei Claire zonder geluid.

'Dat zul je wel zien,' zeiden hun lippen, en ze grijnsden.

Claires hart begon wild te bonzen, en plotseling voelde ze dat er iets helemaal fout zat.

Ik wíst dat ik ze niet kon vertrouwen.

De feestelijke sfeer voelde plotseling bedreigend. De mooie meisjes zagen eruit als clowns, met al hun make-up, het applaus klonk als geweerschoten, en de uniformen leken gemaakt door blinde kinderen zonder handen. De liefde was weg.

Claire probeerde rustig te blijven door zich te concentreren op de modeshow.

Ann Marie Blanc was als eerste aan de beurt. Zij stelde voor de leerlingen te kleden in kasjmieren truitjes en rokjes van tafzijde.

'Volgende.' Massie sloeg haar armen over elkaar en draaide met haar ogen. 'Zij kan naar huis.'

'Waarom?' fluisterde Claire.

'Tafzijde kreukt al als je ernaar kijkt, en in kasjmier smelten we,' zei ze.

'O.'

Mindee Wilson presenteerde haar Dagen-van-de-week-uniform, terwijl haar vijf modellen het podium betraden in onflatteuze, zakkige jurken in vijf verschillende kleuren. De maandagjurk was rood en er stond Maandag op, de dinsdagjurk was blauw en er stond Dinsdag op, de...

'Schattig,' mompelde Dylan. 'Als je op het kinderdagverblijf zit.'

'Je ziet het voor je: flirten met een jongen van Briarwood in een roze zak met "Donderdag" erop,' zei Kristen.

Claire grinnikte. Ze dacht aan Cam.

Livid Altman had haar meesterwerk niet voor niets 'Zwart

op Zwart met een vleugje Zwart' genoemd. Ze probeerde de redacteuren van *Teen People* ervan te overtuigen dat zwart de enige echte optie was, omdat je er geen vuil op zag en de kleding dus minder vaak gereinigd hoefde te worden. Maar Claire hoorde 'begrafenis', 'deprimerend' en 'onhygiënisch' vanuit de zaal.

Layne en Eli waren aan de beurt en het publiek barstte los in goedkeurend geschreeuw.

Claire hoopte vurig dat Massie het ontwerp van Layne goed vond. Ze wilde niet dat er grappen over haar vriendin zouden worden gemaakt.

Layne liep heel rustig naar de microfoon. Ze schraapte haar keel voor ze begon.

'Het is een schande dat OCD meisjes in deze belangrijke fase van ontwikkeling dwingt om hun identiteit op te geven,' zei Layne. Eli huppelde rond in een blauw plooirokje, een zwarte hightop van Chuck Taylor en een T-shirt met lange mouwen waarop een plastic zak was genaaid.

'De mensen van *Teen People* denken waarschijnlijk nee-hee-hee,' zei Massie.

Claire deed net alsof ze dat niet had gehoord.

Toen Eli aan de voorkant van het podium was, stopte hij en pakte een stapel archiefkaarten uit zijn tas. Hij liet ze aan het publiek zien, zoals een goochelaar een duif laat zien 'waar helemaal niets mee aan de hand is'.

'Door mijn kleding laat ik de wereld zien hoe ik me voel. Dit uniform geeft ons de kans om dat te blijven doen, ook al heeft de school ons van onze eigen stijl beroofd,' zei Layne.

Op dat moment schoof Eli de kaarten één voor één in de plastic zak op het T-shirt, zodat het publiek ze kon lezen:

ZELFVERZEKERD
NONCHALANT, MAAR SEXY

IK VOEL ME DIK VANDAAG
IK HEB EEN NIEUWE SEVENS GEKOCHT

De zaal lag dubbel.

Layne kreeg een staande ovatie na haar presentatie. Zelfs de vrouwen van *Teen People* stonden op van hun stoelen. Maar ze gingen weer zitten zodra ze de boze blikken van Burns en Pia zagen.

Nu waren Alicia en Olivia aan de beurt. In de zaal gonsde het geluid van jongens die op het puntje van hun stoel gingen zitten. De fotograaf maakte de ene foto na de andere.

Olivia deed haar mantel uit. Ze liep het podium op en zwaaide met haar armen, zoals de modellen van Style Netwerk dat doen. Zij hadden als enige een ontwerp voor sandaaltjes, jeans en een jasje, in plaats van het clichématige rokje van meisjesscholen. Het was een perfecte mix van sexy, subtiel en gek, en de zaal vond het geweldig. Terwijl Olivia rondparadeerde, legde Alicia uit dat het jasje een knipoog was naar het Blue Label van Ralph Lauren, en dat hij bereid was de hele lijn voor ODC te maken als zij zouden winnen. Ze hield grote presentatieborden op, waarop staaltjes stof in verschillende kleuren waren geplakt, zodat de meisjes 'het samengaan van de verschillende kleurschakeringen' met het jasje konden zien, voor het geval zij besloten om dit 'extreem goed te combineren kledingstuk' ook na schooltijd te dragen. Olivia had een mannenstropdas nonchalant door de lussen van haar spijkerbroek geknoopt, en Alicia legde uit dat groepjes meisjes dezelfde dassen konden dragen om te laten zien wie hun vriendinnen waren.

Directrice Burns schoot uit haar stoel en riep: 'Daar komt niets van in,' maar de mensen in de zaal waren zo in de ban van Alicia en Olivia dat ze er niets van merkten.

'Dat idee van de stropdas heeft ze van mij,' siste Massie. 'Dat had ik aan op de dag dat we gingen shoppen voor de Haloween-kostuums; ze gaf me nog een compliment.'

'Imitatie is de eerlijkste vorm van een compliment,' zei Claire, die haar probeerde op te beuren.

'Ja, maar als ze daarmee wint, draai ik dat compliment heel strak om haar nek.' Massie sloeg haar armen over elkaar.

Het leek Claire verstandig om het daarbij te laten.

Het publiek was al overeind geschoten voordat Alicia en Olivia goed en wel hun presentatie hadden afgerond. Massie klapte en glimlachte, maar ze zag er leeg uit – alsof ze haar eigen wassen beeld was.

Claire zag als een berg tegen hun presentatie op. Hoe kon dat goed gaan na twee staande ovaties? Kristen en Dylan maakten zich duidelijk zorgen. Ze sprongen op hun tenen in het rond om de spanning uit hun lijf te krijgen. Claire was zo zenuwachtig dat ze niet eens kon bewegen. Niet alleen moest ze zo optreden, ze moest ook rekening houden met de mogelijkheid dat Massie, Dylan en Kristen dit moment hadden uitgekozen om haar op megaschaal voor gek te zetten.

Het publiek was duidelijk aan de pauze toe. Ouders hadden moeite hun kleintjes bij zich te houden, die op en neer door het gangpad renden. Sommige mensen pakten alvast hun spullen bij elkaar. Claire trok aan haar lokken, die te lang waren voor een pony maar nog te kort om achter haar oren te doen, en hoopte op een groeispurt voor het begin van hun show. Massie moet haar angst hebben gevoeld, want ze kneep in haar arm en zei: 'We gaan ze verpletteren!' voordat ze haar team meenam het podium op.

De vier meisjes stonden naast elkaar met hun gezichten naar het publiek. Ze hadden nog steeds hun modellenmantels aan.

'Doe die jassen uit,' riep iemand uit het publiek.

'O, daar kun je op rekenen,' zei Massie, zo zwoel mogelijk.

Ze wachtte tot het geschreeuw ophield.

'Vier meisjes,' vervolgde ze. 'Een roodharige, een donkerblonde, een vlasblonde en een brunette...' Dylan, Kristen, Claire en Massie lieten de mantels van hun schouders op de grond glijden. Deze striptease, ook al was er niets te zien, had onmiddellijk de aandacht van de jongens in de zaal.

Op de eerste maten van 'Dirrty' van Christina Aguilera liepen de meisjes naar verschillende plekken op het voorste podium. De keuze voor de song was een stiekem eerbetoon aan de kostuums die dit alles hadden veroorzaakt.

'Denk met ons mee,' zei Massie, 'welk kleurpalet past het beste bij mij? Is je haar bruin of zwart? Heb je een huid die varieert van ivoor tot diepbruin?'

'Dan ben je een "Massie", en heb je een uniform nodig in puur wit en groen,' zei Claire. Op dat moment paradeerde Massie over het podium, ze maakte scherpe bochten en zwaaide naar haar fans. Ze droeg een donkergroen suède rokje, een exacte kopie van het rokje dat Todd had verpest met grapefruitsap: zacht, kort en A-line. Aan de zijkant zat een paarse holster met nepdiamantjes voor een mobiele telefoon. Precies op het refrein van 'Dirrty' trok Massie haar groene blazer uit, met een grote gele bloem die op een van de revers gespeld was, en hing hem over haar schouder. Door de zwarte baret zag ze eruit als een prachtig Frans model, wat ze maar al te goed wist.

Applaus.

Onder het jasje kwam een wit, mouwloos zijden topje te voorschijn, met de letter M in de linker bovenhoek geborduurd. Plateaugympen beplakt met paarse nepdiamantjes en zwarte kniekousen maakten de look helemaal af.

Daverend applaus.

'Of ben je misschien een "Kristen"?' zei Claire, en ze gaf Kristen een teken dat ze in beweging moest komen. 'Bij een "Kristen" varieert het haar van bruin tot blond, en de huid heeft een gouden teint. Klinkt dat bekend? Zo ja, dan heb je een uniform nodig in zacht-wit, rood en turquoise.' Kristen droeg dezelfde outfit als Massie, alleen waren haar suède rokje en blazer rood, haar bloem was turquoise, en de nepdiamantjes op de telefoonhouder en gympen waren wit, en de letter op haar zijden topje was een K. Ze draaide haar baret om haar vinger, aangezien die niet bleef zitten op haar opgestoken haar.

Zodra Kristen haar rondje had gelopen, gaf Claire de microfoon aan Massie, die verder ging met de presentatie.

'Verbrand je snel in de zon, en zie je er doodziek uit in beige?' vroeg Massie. 'Zo ja, dan ben je een "Claire" en heb je pasteltinten nodig... Hé, iemand moet die paaseikleuren toch dragen, of niet soms?'

Het publiek lachte.

Claire huppelde over het podium, met één hand op haar baret, zodat die niet van haar hoofd zou glijden. Ze droeg een hemelsblauw rokje en blazer. Haar bloem was roze, en op haar topje was de letter C geborduurd. De zwarte, met nepdiamantjes beplakte telefoonhouder was leeg, maar voor het eerst sinds weken waren haar gympen vol.

'Vurige roodharigen, jullie zijn een "Dylan". Jullie uniform moet ivoor met lavendel zijn,' zei Massie, terwijl Dylan begon te lopen. 'Dat zijn de perfecte tinten voor een rozige teint.

'En uiteraard is geen enkel uniform compleet zonder een variant voor je schatje.' Massie blies op haar fluitje van Tiffany's, dat aan een zilveren ketting om haar nek hing, en Bean kwam vanuit de coulissen naar haar vrouwtje gerend. Ze droeg een groen suède rokje, en een wit shirt met een B op haar rug. Tussen haar puntoortjes had ze een piepklein baretje.

Het publiek was door het dolle heen en Bean blafte van vrolijkheid. Massie, Claire, Dylan en Kristen gingen hand in hand naast elkaar staan en bogen.

Ze hadden ze verpletterd!

De felle lichten schenen recht in Claires ogen, waardoor het moeilijk was om haar ouders te zien. Maar één gezicht in de derde rij sprong eruit. Het gezicht van Cam. Hij hing in zijn stoel. Hij leek opgeslokt door zijn leren jack, dacht Claire. Zodra zijn blik de hare ontmoette, sloeg Claires hart een slag over. Hij grijnsde breeduit en zwaaide even, waardoor het lawaai in de zaal gedempt werd, alsof ze haar hoofd in een vissenkom had gestopt.

Claire stak haar hand op, zonder haar arm omhoog te doen, en zwaaide met één vinger. Cams gezicht straalde toen hij haar zag zwaaien en zij straalde naar hem. Ze kon niet geloven dat dit gebeurde. Ze had een getuige nodig en draaide zich om naar Massie. Wat ze zag deed haar bloed bevriezen, als hondenpies op een ijskoude stoep.

Massie stond met haar amberkleurige ogen vol schittering, haar glimmende lipgloss en haar glanzende bruine haar te zwaaien naar Cam.

Claire was verstijfd.

Cam vindt mij helemaal niet leuk – hij valt op Massie! Zou iemand gezien hebben dat ik naar hem zwaaide? Heeft híj het gezien? Wat moet ik nu met mijn handen doen? ER ZITTEN GEEN ZAKKEN IN DIT ROKJE!

Claire was duizend keer liever ter plekke te kakken gezet door Dylan en Kristen dan dat ze dít moest meemaken.

Directrice Burns nam weer bezit van het podium en riep alle deelnemers bij zich. Ze gingen dicht bij elkaar staan, in afwachting van het oordeel van de mensen van *Teen People* over wie er zou doorgaan naar de finale.

Zodra directrice Burns de envelop in haar klauwen had, deelde ze mee: 'Jullie hebben allemaal een vingerhoed gekregen van onze fantastische assistentes, en die heb je nu nodig om te stemmen. In de gang staan twee doorzichtige dozen met de foto's van onze twee finalisten erop. Stop de vingerhoed in de doos van de kandidaat van je keuze, en wij zullen na de pauze de winnaressen bekendmaken,' legde ze uit.

'Kííoe, kííoe,' zei de herrieschopper.

Hier en daar gelach.

'En de finalisten zijn... Alicia Rivera en Olivia Ryan, en Massie Block, Claire Lyons, Dylan Marvil en Kristen Gregory.'

Daarna feliciteerde ze de andere meisjes met hun fantastische werk, maar niemand luisterde nog. De zaal stroomde leeg op weg naar de dozen – zo graag wilde iedereen stemmen.

Massie had haar armen om Claire, Kristen en Dylan geslagen en sprong van blijdschap. Hoe kon dat nou?

Claire!

Een maand geleden zou ze nog hebben gezegd dat zoiets onmogelijk was.

'Kom, we gaan stemmen.' Massie stopte haar hand in Beans roze doggiebag van Coach, en haalde de vingerhoed en haar paarse nagellak te voorschijn. Het flesje was warm, omdat het hondje op de tas had gezeten.

'Wat ga je daarmee doen?' vroeg Claire, terwijl ze naar het flesje Urban Decay wees.

'Ik verf mijn vingerhoed paars voordat ik hem in de doos gooi,' zei Massie. 'Dat brengt geluk.'

'Hé, Mass, wil jij voor ons stemmen?' vroeg Dylan. 'Kris en ik moeten even iets afhandelen.'

De twee meiden giechelden en legden hun vingerhoedjes in de kom van Massies hand.

'Tuurlijk,' zei Massie met een veelbetekenende blik, 'alles voor de goede zaak.'

De drie meiden schoten in de lach en vervolgens liepen Kristen en Dylan terug naar de lege zaal en slopen naar binnen.

'Massie, jullie gaan toch niet iets gemeens met mij uithalen waar iedereen...' begon Claire. Massie onderbrak haar voor ze haar zin kon afmaken.

'Claire, zie ik eruit als een vrouwtjeshond?'

'Wacht even, Massie, ik maak je niet uit voor teef of bitch,' zei Claire. 'Maar jullie hebben een tijdje geleden...'

'Oké, dat geef ik toe.' Massie stond stil, zodat ze haar vingerhoed paars kon kleuren. 'Dylan en Kristen hebben iets verschrikkelijk gemeens bedacht, maar het heeft niets met jou te maken, ook al is dat misschien moeilijk te geloven.'

Claire was op haar hoede.

'Jou pesten is enorm september.' Massie hield Claires blik vast. 'Het is uit.'

'Betekent dat dat ik ín ben?' vroeg Claire. Haar grote blauwe ogen waren vol hoop.

Maar Massie gaf geen antwoord. Ze blies de nagellak op haar vingerhoed en tikte ertegen met haar wijsvinger om zeker te weten of het droog was. 'Laten we gaan stemmen.'

Alicia en Olivia stonden al in de bomvolle gang stemmen te winnen en complimentjes uit te delen aan de redacteuren van *Teen People* voor hun outfits.

Massies eerste impuls was om feller campagne te voeren, maar toen ze de hoeveelheid vingerhoedjes in haar doos zag, wist ze dat dat niet nodig was. Zij hadden er minstens dertig meer. Massie kuste de paarse vingerhoed en gooide die, samen met die van Kristen en Dylan, in de doos. Ze keek naar de foto die op de doos was geplakt. Ze zag er normaal uit – fantastisch, om precies te zijn – maar Claire keek scheel. Expres! De fotograaf had aangeboden om een nieuwe foto te maken, maar Claire wilde het per se zo laten. Het zou mensen aan het lachen maken, zei ze.

De rest van de pauze gebruikte Claire om Layne te troosten. Massie ging terug om te zien wat haar rivales deden. Alicia en Olivia stonden bij de tafel waar gestemd kon worden.

'Weet je wat nou zo leuk is aan het woord *thimble*, vingerhoed,' zei Olivia tussen twee slokjes Perrier door. Ze praatte met een jongen die op het punt stond zijn stem uit te brengen. 'Het klinkt alsof ik *symbol* probeer te zeggen, terwijl ik slis.' Ze moest er zelf om lachen. 'Als je *themt, them* je dan op ons?'

Massie zag dat de jongen met zijn ogen draaide. Hij *themde* op haar.

'*Thommert*,' riep Alicia hem na. Massie lachte, maar Olivia was zo overstuur dat ze niet kon meelachen.

'Weet je, Massie,' zei Olivia. 'Jouw team is echt in het voordeel, omdat jullie met z'n vieren zijn en wij maar met z'n tweeën, en dat betekent dat jullie meer stemmen krijgen, omdat jullie twee keer zoveel familieleden hebben die op jullie stemmen.'

'Dat is waar, maar jij hebt de stemmen van een plastisch chirurg, een psychiater en de drie maîtresses van je vader, dus we staan ongeveer gelijk.' Massie draaide zich om op haar rubber plateauzolen en ging op zoek naar haar ouders.

De lichten in de zaal begonnen te knipperen en de assistentes van Pia zorgden dat iedereen weer op zijn plaats ging zitten.

Zodra iedereen binnen was, liep directrice Burns het podium weer op.

'Mag ik de finalisten vragen om hier te komen?' zei ze. 'O, en alle mobiele telefoons moeten uit.'

Precies op dat moment kreeg iemand uit het publiek een telefoontje. Zijn ringtone was het Amerikaanse volkslied.

Iedereen lachte en probeerde te ontdekken wie de schuldige was.

Directrice Burns keek met haar handen in haar zij de zaal rond.

'Hij was het,' riep een meisje met muiskleurig haar. Ze wees naar Derrington.

'Niet waar, ik zweer het,' schreeuwde hij. Het publiek lachte. 'Ik heb mijn mobiel in de Mercedes van mijn vader laten liggen.'

Directrice Burns keek hem toch streng aan, je wist maar nooit waar het goed voor was.

'Voordat we de winnaar van vanavond bekend gaan maken, wil ik graag Pia bedanken en...'

Tatata dadada tatata dadada tatata da...

Iedereen draaide zich om naar Derrington.

'Ik zweer het,' zei hij. Hij legde zijn hand op zijn hart en lachte zenuwachtig.

'Waarom vind je het dan zo leuk?' vroeg Burns.

'Ik vind het niet leuk.' Hij lachte weer en kreeg een kop als een boei.

Directrice Burns kwam het podium af en stormde op Derrington af. Hij moest opstaan en daarna fouilleerde ze hem. De hele zaal lag dubbel.

Derrington schudde met zijn hoofd en verborg zijn gezicht in zijn handen, terwijl de vogelvrouw hem betastte met haar lange, benige vingers.

De mensen in de zaal klapten en joelden en riepen 'kííoe, kííoe', maar de grootste lol was voor Kristen en Dylan, die tijdens de pauze een mobieltje onder de stoel van Derrington hadden geplakt. Ze draaiden het nummer voor de laatste keer om te zien wat er zou gebeuren.

Tatata dadada tatata dadada tatata da...

Directrice Burns vond de bron van het geluid onder de stoel en trok het mobieltje los. Ze hield het trots boven haar hoofd, alsof ze haar eerste Oscar had gewonnen, en de hele zaal applaudisseerde voluit. Ze sleurde Derrington de zaal uit.

'Neem jij het maar over, P,' riep ze, achteromkijkend naar Pia.

'Sorry, mensen,' zei Pia. Ze bracht de microfoon iets omlaag. 'Goed, breng die dozen binnen, dan kunnen we de winnaar bekendmaken.'

Haar assistente was enorm aan het hannesen, omdat ze de twee dozen tegelijkertijd naar binnen wilde dragen. Niemand schoot haar te hulp, ze waren allemaal veel te zenuwachtig om aan anderen te denken.

Pia liep een rondje om de doos met de foto van Massie en Claire erop, en onderzocht daarna de doos met de foto van Alicia en Olivia. Ze deed het om de spanning nog wat op te voeren, want iedereen wist dat de vingerhoedjes achter de schermen al geteld waren.

'Ik moet bijna kotsen,' zei Massie, terwijl ze Bean tegen zich aan drukte.

Claire kon niet antwoorden. Ze had het te druk met nagelbijten.

'Massie en Claire hebben 102 vingerhoedjes,' zei Pia.

De meisjes begonnen te springen. Ze staken hun handen uit naar Kristen en Dylan, die meteen mee begonnen te springen.

'En Alicia en Olivia hebben 136 vingerhoedjes. Van harte gefeliciteerd, jullie hebben de OCD Modeweek Uniformwedstrijd gewonnen. Van nu af aan lopen we hier in blazers, jeans en stropdasriemen!'

Massie hield op met springen. Alicia begon juist.

'Hoe kan dat nou?' vroeg Massie. Ze dacht ogenblikkelijk aan Cam, en hoe graag ze wilde dat hij haar zag winnen.

'Natuurlijk hebben alle jongens op die twee gestemd.' Kristen veegde een traan weg.

Claire was in shock. 'Maar wij hadden veel meer vingerhoedjes in de pauze.'

Alicia en Olivia gaven kushandjes aan het publiek.

'Èhgg,' zei Dylan. 'Wat een verwaande trienen.'

'Zag je hoe blij mijn ouders waren toen Pia onze namen noemde?' Kristen veegde nog een traan weg.

'Nee, maar ik zag wel dat ze weer gingen zitten toen Pia het aantal vingerhoedjes van Alicia en Olivia bekendmaakte.'

Kristens tranen begonnen nu harder te stromen en Dylan omhelsde haar.

'Hou op, straks ga ík ook huilen,' zei Claire.

Dylan en Kristen staken hun armen uit naar Claire en troostten haar ook.

Massie weigerde om er verslagen uit te zien. Niet waar al deze mensen bij waren, en zéker niet waar Alicia bij was. In plaats daarvan sloop ze voetje voor voetje naar de dozen met de vingerhoedjes om die eens goed te bekijken.

Het applaus en de hiphopmuziek tolden in haar hoofd, en ze moest keer op keer bedenken dat het niet voor haar was. Haar prijs bestond nu uit ranzige opmerkingen als 'Jullie hebben eigenlijk allemaal gewonnen' of 'Het is fantastisch dat je zover bent gekomen.' Nog even, en ze zou oog in oog staan met blikken vol medelijden van de ouders van vriendinnen, en aanbiedingen om mee te gaan ijsjes eten. Het was oneerlijk. Ze hadden zo hard gewerkt. TWEE KEER ZO HARD!

'Er moet iets misgegaan zijn,' zei Massie tegen zichzelf. Ze boog voorover om te zoeken naar bewijzen.

In de doos met de foto van Alicia en Olivia lag haar eigen paarse vingerhoed.

'Kijk eens,' zei Massie en ze wees haar teamleden op wat ze had ontdekt.

'Waarom heb jij op Alícia gestemd?' snauwde Dylan.

'Dat heb ik niet gedaan, leeghoofd!' zei Massie. 'Jeez, je lijkt Olivia wel.'

'Ze hebben waarschijnlijk de foto's omgewisseld,' zei Claire.

'*O my God*,' gilde Dylan. 'Je hebt gelijk.'

'Dit moeten we aan Pia vertellen,' zei Kristen. 'Kom, pak de microfoon. We gaan het aan iedereen vertellen.' Ze schoot weg in de richting van het podium.

'Nee, niet doen,' zei Massie streng. 'Je mag het aan niemand vertellen. Nog niet. Ik moet er eerst over nadenken.'

'Maar...' zei Claire.

'We houden ons nog even schuil in het struikgewas, net als roofdieren vlak voordat ze hun prooi doden. En dan, op het juiste moment, slaan we toe.'

'Rustig aan, Crocodile Hunter,' zei Dylan. 'Straks ga ik flippen.'

'Vertrouw me nou maar,' zei Massie. 'Ze zullen hiervoor boeten, dat beloof ik. We moeten alleen een heel goed plan bedenken.'

'Goed dan,' zei Kristen. 'Maar ik vind het onvoorstelbaar dat we haar hiermee laten wegkomen.'

'We kunnen altijd tegen mijn moeder zeggen dat ze het erover moet hebben in *The Daily Grind*,' zei Dylan. 'Dan weet het hele land voor maandagmiddag dat Alicia en Olivia criminelen zijn.'

'Ja, en ik zeg tegen mijn vader dat hij ervoor moet zorgen dat het hele uniformgedoe gewoon niet door mag gaan. Ik vraag wel of hij in plaats daarvan een vleugel bij de school bouwt, of zoiets,' zei Massie. 'En als het zover is, zullen we iedereen laten zien wie de échte verliezers zijn.'

Massie hoopte dat ze haar ik-heb-alles-onder-controle-rol overtuigend speelde, want vanbinnen voelde ze zich ziek. In vijf minuten tijd was Alicia veranderd van haar beste vriendin in haar grootste vijand, en Massie was zo verdrietig dat ze niet kwaad kon zijn, en zo kwaad dat ze niet verdrietig kon zijn.

'Hé, Massie, goed gedaan,' zei Alicia. Ze waren achter de schermen bezig hun spullen bijeen te rapen. 'Je hebt het ons niet makkelijk gemaakt.'

Massie had een knoop in haar maag en kon Alicia nauwelijks aankijken.

'Struikgewas,' zeiden haar lippen terwijl ze achteromkeek naar de anderen. Maar ze zei het ook tegen zichzelf.

'Ik vind dat we eigenlijk allemaal hebben gewonnen,' zei Alicia. 'Ik bedoel, we zijn toch nog steeds beste vriendinnen?'

'Natuurlijk, ik ben hartstikke blij voor je,' siste Massie.

'Trouwens, ik heb nog een roddel,' zei Alicia. 'Maar ik hoef er geen punten voor. Beschouw het maar als een cadeautje.' Ze draaide haar gouden ring met een robijn rond haar middelvinger.

'Vertel.' Massie klonk niet bijster geïnteresseerd.

'Iemand vindt jou leuk.' Alicia wist niet hoe snel ze het moest zeggen. 'Heel erg leuk.'

'Echt waar?' vroeg Massie. 'Wie?' Ze probeerde achteloos te klinken, maar vanbinnen klopte en bonsde alles. Cam vond haar leuk. Cam, met zijn groene en zijn blauwe oog, vond haar leuk. Niet Alicia, niet Olivia, niet Dylan, niet Kristen, en niet iemand uit de bovenbouw, maar haar. De avond was bijna weer mooi.

'Derrington,' zei Alicia.

'Wat is er met hem?' vroeg Massie.

'Hij vindt je leuk. Hij heeft het zelf tegen me gezegd, maar hij smeekte me om het niet tegen jou te zeggen, dus tegen niemand zeggen, oké?'

'Echt waar?' Massie trok haar wenkbrauwen op. 'Weet je het zeker?'

'Ja,' zei Alicia. 'Mijn roddels zijn altijd waar. Hoezo?'

'Op de een of andere manier dacht ik dat je Cam ging zeggen,' zei Massie nonchalant.

'Nee, Cam vindt iemand anders leuk, maar dat wil hij nog steeds niet zeggen,' zei Alicia.

Massie keek naar de plateaugympen vol glitters aan haar voeten. De wereld stond op zijn kop.

'Wat ga je nu tegen Kristen en Dylan zeggen?'

Massies hoofd duizelde, en ze had plotseling verschrikkelijke dorst.

'Vindt hij Kristen of Dylan niet veel leuker?' vroeg Massie.

'Hij zei dat hij alleen maar afspraakjes met hen had gemaakt omdat hij dacht dat jij erbij zou zijn.' Alicia vond het allemaal nogal geweldig, maar Massie begreep niet waarom. 'Dus, wat ga je doen?'

'Ik ga op zoek naar mijn ouders en misschien een ijsje eten,' zei Massie. Ze liep als verdoofd van Alicia weg.

Als Cam háár niet leuk vond, wie vond hij dan leuk? Ze voelde zich zo verpletterd dat ze er op dat moment niet over na kon denken, maar morgen zou ze een diepgaand onderzoek instellen. En als ze erachter kwam wie het was, zou ze met dat meisje vechten tot het bittere eind.

Todd stond op en hield zijn alcoholvrije cocktail omhoog. 'Ik wil graag een toost uitbrengen,' zei hij terwijl hij met zijn vork tegen de zijkant van het glas tikte. 'Op de beste ontwerpers van de planeet...'

'Op de beste ontwerpers van de planeet,' zeiden ook de Blocks en de Lyonsen, en ze keken naar de twee meisjes aan het eind van de tafel.

'H&M,' zei Todd.

Todd kreeg een lawine van broodresten en servetten over zich heen. Dat hadden de ouders nooit goed gevonden als ze niet in het besloten zaaltje op de eerste verdieping hadden gezeten.

'Nee, zonder dollen,' zei hij. 'Ik vind dat jullie het waanzinnig goed hebben gedaan, ook al heb ik op Alicia gestemd.'

Er kwakte een eenpersoons pakje boter tegen de zijkant van zijn hoofd. Afzender: Massie.

'Ik vind het heerlijk als je boos bent, schatje,' zei hij.

Jay en Judi Lyons draaiden met hun ogen in een reactie op het gedrag van hun zoon, terwijl ze probeerden niet te lachen.

'Kee, dit meen ik echt.' Todd bukte zich en haalde onder de tafel drie seringentakken te voorschijn voor Massie. 'Het zijn paarse, jouw lievelingskleur.'

De ouders zeiden 'aaaa' en 'oooo'.

'Wat ontzettend lief van je, Todd, maar ik word echt he-le-maal nooit je vriendinnetje,' zei Massie, terwijl ze haar neus in de bloemen stak.

'Zeg nooit nooit,' zei Todd met een vette knipoog, en hij tuitte zijn lippen.

Massie huiverde en veegde haar mond af met haar pols.

'En Claire, mijn lieve zus, ik heb dit briefje geschreven om te zeggen hoe trots ik op je ben.'

Claire keek naar de envelop in zijn klamme hand. Ze pakte hem langzaam en voorzichtig aan, alsof ze bang was dat hij in haar gezicht uit elkaar zou spatten. Ze haakte haar pink achter de flap en scheurde de envelop open, zonder één ogenblik haar achterdochtige ogen van haar broertje te halen.

'Is het de bedoeling dat ik het hardop voorlees?' vroeg Claire.

'Het is een tikkie emotioneel. Ik zou het even op de wc lezen als ik jou was,' zei Todd.

Claire wist onmiddellijk dat er iets achter zat. Ze had haar broertje maar één keer emotioneel gezien, en dat was toen Nathan hem versloeg met zijn splinternieuwe Formule 1-game.

'Oké,' zei Claire. Ze duwde haar stoel naar achteren en stond op. 'Mam, wil je voor mij ijs met karamel en chocoladesaus bestellen?'

Zodra Claire de deur naar de toiletten door was, haalde ze de brief uit de envelop en begon te lezen. Na de eerste zin keek ze op en zocht naar de verborgen camera.

'Dit is een grap,' zei ze tegen de toiletjuffrouw.

'Wat zeg je, meisje?'

'Niets,' zei Claire. Ze sloot zichzelf op in een wc, zodat ze wat meer privacy had.

LIEVE CLAIRE,
JE VINDT DE CD DIE IK HEB GEMAAKT VAST VRESELIJK, WANT JE HEBT NIETS LATEN HOREN. JOUW UNIFORM WAS HELEMAAL GEWELDIG EN IK VIND DAT JIJ HAD MOETEN WINNEN.

Claire las het briefje nog vier keer voor ze de wc weer uit kwam. Ze had heel veel vragen, en de eerste was aan Todd.

Ze omhelsde haar broertje om hem te bedanken voor zijn 'lieve briefje'. Vlak bij zijn oor fluisterde ze: 'Hoe kom je hieraan?'

'Hij heeft het aan mij gegeven om aan jou te geven,' zei Todd kalm.

'Waarom zei je dat jij het had geschreven?' vroeg Claire, nog steeds met haar arm om hem heen.

'Omdat ik bloemen had gekocht voor Massie en niets voor jou. Ik voelde me schuldig.'

Claire gaf haar broertje nog een knuffel.

'Weet jij iets af van een cd?' vroeg ze.

'Eh, ja,' zei Todd. 'Ik was steeds van plan om die aan je te geven. Hij is waanzinnig goed.'

Als Claire niet zo gelukkig was, zou ze hem een stomp hebben gegeven.

De ober kwam met een wagentje vol toetjes: taartjes, cakes, koekjes, pudding en vruchtengebakjes. Meneer Block had alle toetjes van de kaart besteld, om het te vieren.

'Wat valt er eigenlijk te vieren, pap?' vroeg Massie. Ze propte een hap butterscotch-ijs in haar mond.

'Dat je niet in dat vreselijke setje van Ann Marie Blanc hoeft rond te lopen,' zei hij.

Iedereen moest lachen en dankte de modegoden voor deze gerechtigheid.

'Dat is waar, maar nu moeten we op sandalen met riempjes lopen,' zei Claire.

'Behalve als mijn slimme, briljante, machtige en knappe vader een gebouw doneert aan de modeafdeling van de school, zodat we weer kunnen dragen wat we willen.' Massie knipperde met haar oogleden en deed er nog een paar smeekbeden bij voor het gewenste effect.

Claire zag het gezicht van meneer Block smelten en besloot mee te doen.

'Alsjeblieft, William. Als-je-blíeft.'

'Kijk nou eens. Er is plotseling iemand geïnteresseerd in mode,' zei Judi Lyons tegen haar dochter.

'En als jullie nou hadden gewonnen, zouden jullie dan ook aan William vragen om te regelen dat jullie geen uniformen hoeven te dragen?' vroeg de vader van Claire.

'We hebben wel gewonnen, en ik ben nog steeds...'

Claire voelde de puntige teen van Massies laars tegen haar scheen.

'Au,' zei Claire.

'Struikgewas,' zei Massie zonder geluid.

Claire zei 'sorry' en haar ogen zeiden dat ze het meende. Massie glimlachte.

'Hoe bedoel je, jullie hebben gewonnen?' vroeg Jay.

'Nou, niet echt natuurlijk, pap,' zei Claire. 'Ik bedoel dat we gewonnen hebben omdat ik het geweldig vond om te doen.'

Ze kreeg nog een schop onder de tafel, maar deze was zachtjes. Massie keek alsof ze haar lach moest inhouden, en Claire wist dat ze het goed had gedaan.

'Wanneer heb je jouw gympen uitgetrokken?' fluisterde Claire. Ze wreef over haar scheenbeen.

'Meteen na de show,' zei Massie.

Ze lachten.

Vanaf dat moment was Claire niet bang meer voor Massie. Het meisje met de amberkleurige ogen was niet langer een mysterieuze duivelin. Ze kon enorm gestrest raken over outfits, ze werd verraden door haar vriendinnen, ze hield van zoete toetjes, en won niet altijd, ook al had ze het verdiend. Massie was een gewoon mens. Ze kon het alleen heel goed verbergen.

Claire zag hoe Massie haar mondhoeken afveegde met een papieren servet en daarna een vers laagje lipgloss aanbracht. Ze begon te begrijpen waarom Massie er zo lang over had gedaan om haar te accepteren.

Massies vriendschap was als het Dirty-Devilkostuum: Claire had er geen recht op – Claire moest het verdienen. En dat had ze eindelijk gedaan.

Claire stak haar hand in de achterzak van haar Gap-jeans om te voelen of het opgevouwen briefje van Cam er nog steeds zat.

Na het eten laat ik het aan Massie zien, dacht ze. Claire zat te popelen om haar reactie te zien. Ze zouden elkaar omhelzen, dansen en springen, en het briefje keer op keer lezen, totdat ze elk woord kenden. Claire had het gevoel dat het leven met Massie heel erg leuk ging worden.

To be continued...

Lees ook het eerste deel van De Clique

Lees ook De Dating Game

Een hartslagverhogende serie van Natalie Standiford

Madison, Holly en Lina worden echte celebs op hun middelbare school wanneer ze een website opzetten met alle details over het liefdesleven van de medeleerlingen. De meest sappige thema's worden online geplaatst, zoals 'wie zijn er meer geobsedeerd door seks: jongens of meisjes?'

Maar het is ook de ultieme spot om een date te scoren. Het runnen van de site leidt voor de drie vriendinnen tot chaotische taferelen.

Lees ook Vermist

Van bestsellerauteur Meg Cabot (*Dagboek van een Prinses*)

Jessica Mastriani zit eigenlijk altijd in de moeilijkheden. Terwijl andere meiden leuke dingen doen, is zij tussen de lessen door vooral bezig met het in elkaar slaan van de sportbinken van de school. Verder moet ze nablijven, veel nablijven. Het toeval wil dat zij dan naast Rob zit, de lekkerste hunk uit de bovenbouw.

Als Jess zich door haar beste vriendin laat overhalen om naar huis te lopen – drie kilometer, goed voor de lijn – kan ze niet weten dat een onweersbui haar leven voorgoed zal veranderen. Ze wordt getroffen door de bliksem. Ze overleeft het, als door een wonder. Maar dan ontdekt ze een kracht die in haar is ontketend. Een kracht waarmee ze goed kan doen... en kwaad.